Poliana Moça

Eleanor H. Porter

Poliana Moça

Camelot
EDITORA

CONHEÇA NOSSOS LIVROS
ACESSANDO AQUI!

Título original: Poliana Grows Up

1ª Impressão 2022

Presidente: Paulo Roberto Houch
MTB 0083982/SP

Coordenação Editorial: Priscilla Sipans
Coordenação de Arte: Rubens Martim (capa)
Tradução e preparação de texto: Fábio Kataoka
Revisão: Valéria Paixão
Apoio de revisão: Lilian Rozati
Diagramação: Rogério Pires
Ilustrações: H. Weston Taylor

Vendas: Tel.: (11) 3393-7727 (comercial2@editoraonline.com.br)

Impresso no Brasil.
Foi feito o depósito legal.

Direitos reservados à
IBC — Instituto Brasileiro de Cultura LTDA
CNPJ 04.207.648/0001-94
Avenida Juruá, 762 — Alphaville Industrial
CEP. 06455-010 — Barueri/SP
www.editoraonline.com.br

Sumário

Capítulo I

Della fala o que pensa

ella Wetherby tropeçou nos degraus um tanto imponentes da avenida Commonwealth e pressionou um dedo energicamente contra o botão de campainha elétrica. Da ponta de seu chapéu com asas até o dedo do pé de seu sapato de salto baixo ela irradiava saúde, capacidade, alerta e decisão. Até sua voz, ao cumprimentar a empregada que abriu a porta, vibrava com a alegria de viver.

— Bom dia, Mary. Minha irmã está?

— Sim, senhora — respondeu, hesitante, a criada. — A senhora Carew está, mas ela deu ordens para não deixar ninguém subir.

— Tem certeza? — sorriu a Srta. Wetherby. — Como não sou ninguém, ela vai me ver. Não se preocupe, eu assumo a culpa — ela acenou com a cabeça, em resposta ao protesto assustado nos olhos da criada. — Onde é que ela está? Na sala de estar?

— Sim, senhora...

Della Wetherby, porém, já estava a meio caminho da larga escadaria. E a criada, olhando desesperada para trás, entrou.

No corredor do andar de acima, Della Wetherby caminhou sem hesitação em direção a uma porta entreaberta e bateu.

— Está bem, Mary... — disse uma voz amorosa e surpresa. — É você querida menina. De onde você veio?

— Sou eu. — Della já havia entrado no quarto. — Eu vim de um domingo na praia com duas outras enfermeiras. Isto é, estou aqui agora, mas não vou demorar. — E beijou calorosamente a irmã.

A senhora Carew franziu a testa e recuou, com frieza. O leve toque de alegria e animação que havia em seu rosto desapareceram, deixando apenas uma inquietação desanimada.

— Ah, claro! Eu devia saber. Você nunca se demora aqui.

— Aqui! — Della Wetherby riu alegremente e ergueu as mãos.

Abruptamente, sua voz e seus modos mudaram. Ela olhou para a irmã com olhos graves e ternos.

— Ruth, querida, não posso morar aqui, você sabe — ela terminou suavemente.

A Sra. Carew ficou irritada.

— Tenho certeza de que não vejo por que não! — ela resmungou.

Della Wetherby balançou a cabeça.

— Sabe sim, querida. Sabe que não concordo com isso tudo, a melancolia, a falta de objetivo, essa insistência na miséria e na amargura.

— Eu sou miserável e amarga.

— Você não devia ser.

— E por que não? O que eu tenho para me fazer de outra forma?

Della Wetherby fez um gesto impaciente.

— Escute com atenção. — Dela desafiou. — Você tem 33 anos, boa saúde... ou teria, se você se tratasse adequadamente, e tem uma abundância de tempo e dinheiro. Com certeza todos diriam que você deveria encontrar algo para fazer, numa gloriosa manhã, em vez de ficar trancada em casa, dando instruções para a criada dizer que você não verá ninguém.

— Mas eu não quero ver ninguém.

— Pois eu vim vê-la.

A Sra. Carew suspirou cansada e virou a cabeça.

— Oh, Della, por que você nunca entende? Eu não sou como você. Não consigo esquecer...

Uma dor rápida cruzou o rosto de Della.

— Você quer dizer Jamie, eu suponho. Eu também não esqueço, querida. Eu não poderia, claro. Mas ficar deprimida não vai nos ajudar a encontrá-lo.

— Durante oito anos tentei encontrá-lo, sem me desesperar! — disparou a Sra. Carew, indignada, com um soluço.

— Claro que sim, querida — acalmou a outra, rapidamente —, e vamos continuar procurando, nós duas, até encontrá-lo. Mas esse tipo de coisa não ajuda.

— Não tenho vontade de fazer outra coisa — murmurou Ruth, com a voz abafada.

Fez-se silêncio e Della se sentou, olhando, contrariada, para a irmã. Então disse com um toque de exasperação:

— Ruth, me perdoe se insisto, mas será que você não vai superar isso? Sei que ficou viúva, mas sua vida de casada durou apenas um ano, e seu marido era muito mais velho que você. Você era pouco mais que uma criança na época, e esse curto ano não pode parecer muito mais do que um sonho agora. Certamente isso não deve amargar sua vida inteira.

— Não... — murmurou Ruth, ainda com tristeza.

— Quer dizer que você vai continuar assim?

— Bem... se conseguisse encontrar Jamie...

— Eu sei, eu sei... Mas, querida, será que não há outra coisa no mundo que possa fazê-la feliz? Só Jamie?

— Não parece haver, que eu possa pensar — suspirou a Sra. Carew.

— Ruth! — exclamou a irmã, irritada. Então, de repente, ela riu: — Oh, Ruth, Ruth! Gostaria de lhe dar uma dose de Poliana. Não conheço ninguém que precise mais.

— Não sei o que é Poliana. Mas seja o que for, eu não quero isso. Isto aqui não é o seu amado Hospital e eu não sou sua paciente para ser medicada, por favor lembre-se.

Os olhos de Della Wetherby se agitaram, mas seus lábios permaneceram sem sorrir.

— Poliana não é remédio, minha irmã, embora haja quem a considere um tônico. Poliana é uma garotinha.

— Uma criança? Bem, como vou saber? Você tem a sua beladona e pode ter também a sua Poliana. Além disso, você está sempre recomendando algo para eu tomar. Ouvi muito bem você dizer *dose*, e isso significa algum tipo de medicamento.

— Bem, Poliana é uma espécie de remédio. — Della sorriu. — Os médicos do Hospital acham mesmo que ela é melhor que qualquer remédio. Ela é uma garotinha, Ruth, 12 ou 13 anos, que esteve no Hospital no último verão e a maior parte do inverno. Só estive com ela uns dois meses, pois teve alta depois que cheguei. Mas foi o suficiente para ficar encantada com ela. O Hospital todo ainda fala de Poliana e joga o seu jogo.

— Que jogo?!

— Sim, o jogo do contente — respondeu Della. — Jamais me esquecerei de como o aprendi. Havia, no tratamento de Poliana, um curativo bem doloroso. Tinha de ser feito todas as terças-feiras de manhã e, logo após a minha chegada, coube a mim dar a ela. Eu estava temendo isso: pela experiência com outras crianças, sabia o que me esperava. Irritação e lágrimas, se não for pior. Para o meu espanto, Poliana me cumprimentou com um sorriso, dizendo que estava feliz em me ver. Pode acreditar: dos seus lábios saiu só um gemido, durante todo o calvário, embora eu soubesse que estava machucando-a cruelmente. Imagino que eu disse qualquer coisa, manifestando minha surpresa, pois ela explicou com seriedade: "Eu costumava me sentir assim também, e temo tanto, até que aconteceu de eu pensar que era exatamente como dias de Nancy lavar roupas, e eu poderia ficar mais feliz nas terças-feiras, porque teria que esperar o outro por uma semana inteira."

— Extraordinário! — franziu a testa a Sra. Carew, sem compreender muito bem. —Mas, tenho certeza de que não vejo nenhum jogo nisso!

— Eu também não via, até que ela me contou. Poliana era órfã, filha de um pobre pastor no Ocidente. Foi educada pela Sociedade Feminina de Ajuda e ganhava cestas de donativos dos missionários. Quando ainda era pequenina, quis ganhar uma boneca e esperava, confiante, que o presente viesse na próxima caixa de doações. O que chegou, porém, foi um par de pequenas muletas. Ela chorou e então seu pai lhe ensinou o jogo do contente: ficar feliz com tudo o que acontecesse, mesmo se esperasse outra coisa. E lhe explicou que devia ficar feliz com as muletas, porque não precisava delas. Isso foi o começo. Poliana achou o jogo adorável e passou a praticá-lo. E quanto mais difícil era encontrar a parte feliz, mais divertido era.

— Ora, que extraordinário! — murmurou Ruth, ainda não compreendendo.

— Acharia extraordinário, se soubesse os resultados daquele jogo no Hospital — Della acenou com a cabeça. — O doutor Ames me contou que ouvira dizer que Poliana havia revolucionado a cidade de onde viera da mesma forma. Ele conhece o doutor Chilton, o homem que se casou com a tia de Poliana. E, a propósito, acredito que a vida conjugal dos dois deve muito a Poliana. Ela apaziguou uma velha briga entre eles. Há dois ou três anos, o pai de Poliana faleceu e ela foi morar com a tia, no leste do país. Em outubro, foi atropelada e ficou sabendo que nunca mais poderia andar. Em abril, o doutor Chilton mandou-a para o Hospital, onde ela ficou até março, durante quase um ano. Ela foi para casa praticamente curada. Você devia ter visto a menina. Nada incomodava sua felicidade. Poder andar era a felicidade plena. Ouvi dizer que a cidadezinha foi recebê-la, com banda de música e tudo. Não adianta falar sobre Poliana; é preciso conhecê-la. Foi por isso que eu disse que você deveria receber uma dose de Poliana.

A Sra. Carew ergueu um pouco o queixo.

— Tenho que discordar de você — disse Ruth, friamente. — Não quero ser "revolucionada" e aqui não há brigas de casal. Nada me seria mais insuportável do que ter ao meu lado uma garota me ensinando o que é gratidão. Seria insuportável!

— Ora, Ruth! — Essa não! Se você conhecesse a garota! Bem que eu disse. Não adianta falar dela, é preciso conhecê-la.

Della não conteve a risada. Em seguida, encarou a irmã, com olhar sério:

— Falando seriamente, não se pode fazer alguma coisa? Você não devia desperdiçar a vida assim. Por que não sai um pouco para conhecer pessoas?

— Para quê? — retrucou Ruth. — Estou cansada de pessoas. Você sabe a sociedade sempre me aborreceu.

— Que tal alguma atividade? Caridade, por exemplo?

— Della, já falamos sobre isso antes. Dou dinheiro para obras de caridade. Muito dinheiro, e isso é o suficiente. Não vejo vantagem em sair por aí visitando os pobres.

— Mas se você desse um pouco de você, querida— arriscou Della. — Se pudesse se interessar por alguma coisa, além de sua vida, ajudaria muito.

— Escute, Della — interrompeu Ruth, inquieta. — Gosto muito de você, e eu amo que você venha aqui. Mas não suporto ouvir sermões. Pode ser bom para você transformar-se num anjo e fazer curativos, lavar feridas e muito mais. Talvez você possa se esquecer de Jamie dessa maneira. Eu não posso. Isso só me faria pensar ainda mais nele, imaginando se ele também não estará sofrendo. Depois, seria muito desagradável para mim misturar com todos os tipos de pessoas assim.

— Você já experimentou?

— Claro que não!

A voz da Sra. Carew estava desdenhosamente indignada.

— Então como você pode saber, se nunca tentou? — Della parecia cansada. — Bem, tenho que ir, querida. Vou me encontrar com as moças na estação sul. O trem parte às doze e meia. Desculpe tê-la incomodado — ela terminou, enquanto beijava a irmã.

— Você não me incomodou — suspirou a sra. Carew. — Só queria que me compreendesse!

Um minuto depois, Della atravessou os silenciosos salões sombrios e chegou à rua. Sua feição já não era a mesma que mostrava quando ela tropeçou nos degraus menos de meia hora antes. Todo seu humor, entusiasmo e alegria de viver se foram. Andou meio quarteirão bem devagar, com indiferença. Depois ergueu a cabeça e respirou fundo.

— Uma semana naquela casa me mataria — murmurou. — Acho que nem mesmo Poliana ia conseguir combater aquela melancolia. A única coisa que poderia consolá-la seria a certeza de que não ficaria lá para sempre.

A descrença na capacidade de Poliana mudar para melhor o lar de Ruth Carew não era, na verdade, o que Della pensava. Logo que chegou ao Hospital ficou sabendo de uma coisa que a fez percorrer de volta os oitenta quilômetros até Boston, no dia seguinte.

Encontrou tudo igual na casa da irmã e, parecia que a Sra. Carew não tinha se mexido desde que ela partiu.

— Tive de voltar, Ruth, e você vai ter de fazer o que eu quero — ela explodiu ansiosamente, depois de responder a surpresa de sua irmã Escute! Poliana pode ficar aqui, é só você querer.

— Mas eu não quero! — respondeu Ruth, com frieza.

Mas Della parecia não ter ouvido. Ela continuou a falar animadamente:

— Ontem, quando voltei, fiquei sabendo que o doutor Ames tinha recebido uma carta do doutor Chilton, aquele que se casou com a tia de Poliana. Parece que ele disse que vai para a Alemanha no inverno, para um curso especial, e vai levar sua esposa com ele, se puder convencê-la de que Poliana ficaria bem em algum internato. Seria uma ótima oportunidade, Ruth. Podemos ficar com Poliana durante o inverno e ela frequentaria uma escola aqui.

— Que ideia mais absurda! — protestou Ruth. — Como se eu quisesse uma criança aqui para incomodar.

— Ela não vai se incomodar nem um pouco. Já deve ter quase treze anos, é a menina mais madura que já conheci.

— Não gosto de crianças “maduras” — retrucou a Sra. Carew.

Talvez tenha sido a rapidez do apelo. Ou apenas sua incapacidade de recusar as súplicas apaixonadas da irmã. O fato é que, meia hora depois, Della Wetherby levava consigo a promessa de Ruth de receber Poliana em sua casa.

— Mas lembre-se — advertira Ruth ao despedir-se da irmã. — No momento em que a tal menina começar a fazer sermões, eu a mando de volta. E você pode fazer dela o que quiser.

— Eu vou me lembrar, mas não estou me preocupando — assentiu Della, despedindo-se e pensando consigo mesma: “Metade do meu trabalho está feito. Resta a outra metade: fazer com que Poliana venha. Ela virá, com certeza. Vou lhe escrever uma carta.

Capítulo II

Alguns velhos amigos

Em Beldingsville, naquele dia de agosto, a senhora Chilton esperou que Poliana fosse para a cama, antes de conversar com o marido sobre a carta que tinha recebido pela manhã. Ela teria de esperar, de qualquer modo, pois as árduas horas no consultório e as longas cavalgadas pelas montanhas não deixavam muito tempo ao médico para o diálogo doméstico. Eram cerca de nove e meia quando o marido chegou à sala, onde a esposa o aguardava. Seu rosto cansado se iluminou ao vê-la, mas ao mesmo tempo um questionamento perplexo veio a seus olhos:

— Aconteceu alguma coisa, Poli? — ele perguntou preocupado.

— É uma carta que recebi — explicou a esposa, sorrindo. — Nem imaginei que você iria descobrir, só de olhar para mim.

— Então você não deve olhar para que eu não descubra — brincou o marido. — De que se trata?

— Vou ler a carta — disse a senhora Chilton. — É da senhorita Della Wetherby, a enfermeira do Hospital onde o Dr. Ames trabalha.

— Pode ler. — O médico sentou-se no sofá perto da cadeira de sua esposa.

A senhora Chilton não começou a ler a carta imediatamente. Primeiro cobriu o marido com uma manta de lã cinza. Havia apenas um ano que ela se casara. Tinha, agora, quarenta e dois anos e parecia, às vezes, que naquele curto ano de esposa ela tentou demonstrar todo o serviço amoroso, os gestos de amor e carinho que acumulara em vinte anos de desamor e solidão. Como o médico — que tinha quarenta e cinco anos no dia de seu casamento e que não conseguia se lembrar de nada além de solidão e falta de amor — de sua parte se opôs minimamente a esse cuidado concentrado. Ele agia, de fato, como se estivesse gostando muito — embora tivesse o cuidado de não demonstrar ardentemente: descobriu que a senhora Poli fora senhorita Poli durante tanto tempo que podia entrar em pânico e parar com suas manifestações "tolas", se elas fossem recebidas com muita atenção e ânsia. Assim limitou-se com um simples toque de sua mão, enquanto ela dava um toque final na manta. Poli começou a ler a carta de Della:

Minha querida Sra. Chilton,

Já tentei escrever essa carta seis vezes, sempre rasgando a carta iniciada. Agora, resolvi ir diretamente ao assunto. Estou querendo ficar com Poliana. Pode ser?

Conheci a senhora e seu marido em março passado, quando levaram Poliana para casa, mas presumo que você não se lembre de mim. Pedi ao doutor Ames (que me conhece bem) para escrever ao seu marido, a fim de que a senhora (espero) não tenha medo de nos confiar sua querida sobrinha.

Sei que pretende ir à Alemanha com seu marido, mas terá de deixar Poliana; e por isso estou me atrevendo a pedir-lhe que nos deixe tomar conta dela. E agora, deixe-me dizer por quê.

Minha irmã, a senhora Carew, é uma mulher solitária, de coração partido, descontente e infeliz. Vive num mundo sombrio, onde não entra um raio de sol. Acredito que se há alguém capaz de fazer entrar um raio de sol na vida de minha irmã é sua sobrinha, Poliana. Eu gostaria de poder contar a você o que ela fez pelo Hospital aqui, mas acho difícil; você teria que ver. Ela iria à escola, é claro, mas enquanto isso eu realmente acredito que ela estaria curando a ferida no coração de minha irmã.

Não sei como terminar esta carta: é mais difícil do que começar. Talvez eu não esteja querendo terminá-la. Queria continuar falando sem parar, para não lhe dar chance de dizer não. De qualquer modo, se a senhora estiver com a intenção de dizer a terrível palavra, lembre-se de que ainda estou falando e lhe dizendo o quanto precisamos de Poliana.

Espero a sua resposta,

Della Wetherby

— E isso é tudo — disse Poli, ao terminar a leitura. — Você já leu uma carta tão estranha, ou ouviu falar de um pedido mais absurdo?

— Bem, eu não tenho tanta certeza — respondeu o médico, sorrindo. — Não acho assim tão absurdo querer ficar com Poliana.

— E a maneira como ela fala? Curar a ferida no coração da irmã! Alguém poderia pensar que a menina é algum tipo de remédio!

— Bem, eu não tenho tanta certeza, mas ela é, Poli — o médico riu abertamente e ergueu as sobrancelhas. —Eu já disse que gostaria de poder receitá-la e comprá-la como uma caixa de pílulas. Charlie Ames me disse que os médicos do Hospital costumavam dar aos pacientes uma dose de Poliana o mais cedo possível, depois de internados, durante o ano em que ela esteve lá.

— Ora! — desprezou a Sra. Chilton.

— Você acha então que ela não deve ir?

— Claro que não! Acha que vou deixar a menina com estranhos? E que estranhos! Quando voltássemos da Alemanha aquela enfermeira estaria com Poliana engarrafada e com instruções completas do lado de fora, ensinando como a dose deve ser ministrada!

Novamente o médico jogou a cabeça para trás e riu com vontade, mas apenas por um momento. Seu rosto mudou perceptivelmente quando enfiou a mão no bolso e tirou uma carta, dizendo:

— Eu também recebi uma carta do doutor Ames, hoje de manhã. Chegou a minha vez de ler uma carta.

E leu:

Querido Tom,

Della Wetherby pediu-me para recomendá-la, assim como sua irmã, o que estou muito feliz em fazer. Conheço as meninas Wetherby desde a infância. Elas vêm de uma boa família antiga. Você não precisa temer a esse respeito.

Eram três irmãs, Doris, Ruth e Della. Doris se casou com um rapaz chamado John Kent, contra a vontade da família. Kent era de boa família, mas excêntrico e desagradável de se lidar. Ficou amargamente zangado com a atitude dos Wetherby em relação a ele, até que nasceu um menino. Os Wetherby adoravam a criança, James, ou Jamie, como o chamavam. A mãe, Doris, morreu quando o menino tinha quatro anos e os Wetherby se esforçaram para que a criança lhes fosse entregue em definitivo. De repente, Kent desapareceu, levando o menino. Nunca mais se soube dele, embora o tivessem procurado por toda parte.

Aquela perda praticamente matou o senhor e a senhora Wetherby — ambos faleceram pouco depois. Ruth já havia se casado e enviuvado. Seu marido se chamava Carew, muito rico e bem mais velho que ela. Viveu apenas um ano após o casamento, deixando-a com filho pequeno que também morreu em um ano. Desde que o pequeno Jamie desapareceu, Ruth e Della não tiveram outro objetivo senão encontrá-lo. Gastaram muito dinheiro, moveram céus e pedras, sem resultado. Algum tempo depois, Della resolveu ser enfermeira e está fazendo um trabalho esplêndido: tornou-se uma mulher alegre, eficiente e saudável, sem, esquecer o sobrinho desaparecido e nunca deixando de seguir qualquer pista que possa levar à sua descoberta.

Mas com a Sra. Carew é bem diferente. Depois de perder o filho, parece ter concentrado todo seu amor materno frustrado no sobrinho. Ela ficou maluca quando ele desapareceu, há oito anos. Longos anos de sofrimento, de tristeza e amargura. Na verdade, tem a seu alcance tudo o que o dinheiro pode comprar. Mas nada lhe interessa. Della acha que é hora de tirá-la dessa vida sombria e que Poliana, a sobrinha de sua esposa, é a chave mágica que abrirá a porta para uma nova existência para ela. Assim, espero que você se disponha a satisfazer seu pedido. Eu também lhe ficaria muito grato: afinal, Ruth Carew e sua irmã são amigas muito queridas de minha esposa, e minhas também, e qualquer favor feito a elas é como se nos fosse feito.

Com a amizade de sempre,

Charlie

Ao fim da leitura da carta fez-se longo silêncio. O médico, observando atentamente o rosto de sua esposa, viu que os lábios e queixo geralmente firmes estavam tremendo. Ele esperou então calmamente até que sua esposa finalmente falou:

— Para quando você acha que elas a esperam?

Sua esposa virou-se indignada.

— Quer dizer que você vai deixá-la ir? — perguntou o doutor Chilton, surpreso.

— Que pergunta, Thomas Chilton. — Você acha que, depois de uma carta dessas eu poderia negar? Além disso, o próprio Dr. Ames não nos pediu? Você acha que, depois do que aquele homem fez por Poliana, eu recusaria qualquer coisa a ele, não importa o que fosse?

— Bem, querida. Só espero que Ames não coloque na cabeça pedir... por você, meu amor... — murmurou o marido, com um sorriso malicioso.

— Pode escrever ao doutor Ames dizendo que vamos mandar Poliana — disse Poli, com um olhar indelicado. — E peça-lhe para dizer a Della para nos enviar as instruções completas. Tem de ser antes do dia dez do mês que vem, quero deixar tudo providenciado.

— E quando vai falar com Poliana?

— Amanhã, provavelmente.

— E o que vai dizer a ela?

— Ainda não sei exatamente, só o necessário. Aconteça o que acontecer, não podemos deixar que Poliana fique arrogante, julgando-se importante. Toda criança se prejudica quando mete na cabeça a ideia de que é uma espécie de... de...

— De frasco de remédio com um rótulo de instruções completas para tomar, não é?

— Sim — suspirou a esposa. — É a inconsciência dela que faz tudo funcionar . Você sabe disso, querido.

— Sim, eu sei — assentiu o homem.

— Ora, eu e você, e metade dos habitantes da cidade, fazemos com ela o jogo do contente, e temos nos dado muito bem. Mas, se Poliana deixar de fazer com naturalidade a brincadeira que o pai lhe ensinou, e pensar que é muito importante, vai ficar inconveniente. Assim, não vou dizer a ela que vai ficar com Ruth Carew para animá-la ou curá-la.

— Acho você muito sábia — aprovou o médico.

No dia seguinte, Poliana foi informada de tudo.

— Minha querida. — começou a tia, quando as duas ficaram a sós, naquela manhã. — Gostaria de passar o inverno em Boston?

— Com você?

— Não. Eu decidi ir com seu tio para a Alemanha . Mas a senhora Carew, amiga do doutor Ames, quer que você fique em sua casa durante o inverno. Acho que vou deixar você ir.

— Mas em Boston não vou ver Jimmy, nem o senhor Pendleton, ou a senhora Snow. — Não conheço ninguém em Boston, tia Poli!

— Ora, querida. Você não conhecia ninguém antes de vir para cá.

— É mesmo, tia! — exclamou Poliana, sorrindo. — E isso quer dizer que, quando chegar a Boston, estarão à minha espera outros Jimmies, senhores Pendleton e senhoras Snow que ainda não conheço, não é?

— Sim, minha querida.

— Sabe, tia Poli? Acredito que você saiba jogar o jogo do contente melhor do que eu. Nunca tinha pensado nas pessoas que não conheço e vou ficar conhecendo. E lá também há gente simpática. Conheci muitas pessoas quando estive lá dois anos atrás, com a Sra. Gray. Foram duas horas de viagem... — Poliana recordava: — Na estação havia um homem adorável, que me mostrou onde eu podia beber água. Será que ele ainda está lá? E havia uma senhora simpática com uma garotinha. Elas moram em Boston, segundo me disseram. A menina se chama Susie Smith, e talvez eu as encontre de novo. Havia também um menino e outra senhora com um bebê. Só que esses moram em Honolulu, esses provavelmente eu não poderia encontrar novamente. De qualquer maneira, há a senhora Carew. Quem é ela, tia Poli? Alguma parente nossa?

— Querida, Poliana! — exclamou a Sra. Chilton, rindo. — Como você espera que alguém acompanhe o seu ritmo e seus pensamentos, quando eles pulam para Honolulu e voltam novamente em dois segundos? A senhora Carew é irmã de Della Wetherby, aquela enfermeira do Hospital. Lembra-se dela?

Poliana bateu palmas.

— Irmã dela? A irmã da senhorita Wetherby? — Então deve ser adorável. Eu adorava Della Wetherby, só convivi com ela dois meses, porque ela só chegou lá um pouco antes de eu ir embora. No começo eu fiquei triste, mas depois fiquei contente com isso, porque senão iria ficar muito mais triste quando fosse me despedir dela. Agora, vou vê-la de novo, que alegria!

— Ora, Poliana. — Poli mordeu os lábios. — Não vá achando que as duas se parecem muito uma com a outra...

— Mas elas são irmãs, tia Poli! — argumentou a garotinha, arregalando os olhos. Irmãs sempre se parecem. Na Sociedade Feminina de Ajuda havia dois pares de irmãs. Duas eram gêmeas e tão parecidas que a gente nem sabia quem era a senhora Peck e quem era a senhora Jones. Até que cresceu uma verruga no nariz da senhora Jones e, então, ficou fácil. A primeira coisa que se fazia era olhar para a verruga, e foi o que eu lhe disse, uma vez em que ela reclamou que as pessoas a chamavam de senhora Peck. Então, eu disse que, se as pessoas olhassem para a verruga, e elas saberiam imediatamente. Ela ficou muito zangada—quero dizer, descontente; nem sei por quê, pois eu imaginei que ela tinha ficado feliz por haver algo pelo qual elas pudessem ser diferenciadas. Especialmente porque ela era a presidente da Sociedade Feminina de Ajuda e, naturalmente, queria ser tratada com respeito: os melhores lugares, atenção especial, você sabe. Mas ela não gostou e, tempos depois, ouvi a senhora White dizer à senhora Rawson que a senhora Jones estava disposta a fazer tudo para se livrar da verruga, até mesmo colocar sal no rabo de um pássaro. Uma bobagem. A senhora acha, tia Poli, que botar sal no rabo de um pássaro faz a verruga cair?

— Claro que não, menina! Quanta bobagem você aprendeu com aquelas senhoras da Sociedade Feminina de Ajuda!

— A senhora acha, tia Poli? Não quero atormentá-la de forma alguma, mas foi bom ter estado com as senhoras da Sociedade Feminina de Ajuda e me sinto feliz quando me lembro daquele tempo: estou livre delas e morando com minha tia. Não é motivo para me sentir feliz?

— Claro, querida — a Sra.Chilton riu, levantando-se para sair da sala e sentindo-se de repente culpada, pois tinha consciência da sua antiga irritação contra a alegria perpétua de Poliana.

Durante os próximos dias, enquanto as cartas sobre a estadia de inverno de Poliana em Boston voavam de um lado para o outro, Poliana estava se preparando para a viagem por meio de uma série de visitas de despedida a seus amigos de Beldingsville. Todos os habitantes da cidadezinha de Vermont conheciam Poliana e faziam o jogo do contente.

Poliana foi de casa em casa, anunciando que passaria o inverno em Boston. Não houve quem não se mostrasse triste pela ausência da menina, desde Nancy, na cozinha de tia Poli, até na casa do morro onde morava John Pendleton.

Nancy disse para todos — exceto para sua patroa — que considerava essa viagem a Boston uma tolice. Em sua mansão na montanha, John Pendleton pensava o mesmo e não hesitava em dizer isso à própria senhora Chilton. Quanto a Jimmy — o menino de doze anos que Pendleton acolhera em casa a pedido de Poliana e que acabara por adotar —, este ficou indignado.

— Você mal acabou de chegar! — ele repreendeu Poliana, no tom de voz de um menino que tenta esconder que tem um coração.

— Estou aqui desde março. Além do mais, é por pouco tempo. Só vou passar o inverno — disse Poliana.

— Eu não me importo. Você ficou fora um ano inteiro, e se eu soubesse que pretendia sair de novo logo depois, a primeira coisa que eu fazia era não receber você com bandeiras e banda de música, quando voltou do Hospital.

— Ora, Jimmy! Não lhe pedi para me receber com bandeiras e banda de música. Ainda por cima, você cometeu dois erros. Não devia dizer "eu fazia" e "era", e sim "eu faria" e "seria".

— Isso não tem importância!

— Tem, sim. Você mesmo me pediu neste verão para corrigi-lo quando falasse errado. O senhor Pendleton quer que você fale corretamente.

— Fique sabendo que, se você tivesse sido criada em um orfanato, sem parentes que se interessassem por você, em vez de viver cercada por um bando de velhas que só faziam ensiná-la a falar direito, acho que não ia falar melhor do que eu, Poliana Whittier!

— Ora, Jimmy Bean, as senhoras da Sociedade Feminina de Ajuda não eram velhas. Bem, muitas delas eram mesmo idosas — ela corrigiu apressadamente, levada pelo hábito de dizer a verdade, superando sua raiva. — E...

— E fique sabendo que não me chamo Jimmy Bean!

— É mesmo? Que está querendo dizer?

— Fui adotado legalmente. Há muito tempo ele tinha a intenção de fazer isso. Agora, me adotou. Passei a me chamar Jimmy Pendleton e tenho que chamá-lo de tio John. Bem, quanto a isso... quer dizer... ainda não me acostumei.

O menino continuava a falar, zangado e ofendido.

Poliana bateu palmas alegremente:

— Oh, que esplêndido! Agora vocês são parentes! Parentes que se amam, quero dizer. Você não precisa nem mesmo explicar que ele não é seu parente, porque o sobrenome é igual. Estou muito feliz!

O menino levantou-se de repente do muro de pedra onde estavam sentados e foi embora. Suas bochechas estavam quentes, e seus olhos ardiam de lágrimas. Devia aquilo a Poliana, sabia muito bem. E, no entanto, tinha acabado de dizer a ela. Chutou uma pequena pedra ferozmente, depois outra e mais outras. Pensou que as lágrimas que lhe umedeciam os olhos iam acabar descendo pela face. Chutou outra pedra, mais outra, depois pegou uma terceira e atirou-a longe. Um minuto depois, ele caminhou de volta para Poliana ainda estava sentada na parede de pedra.

— Aposto que chego correndo até aquele pinheiro ali, antes de você — desafiou.

— Aposto que não chega! — gritou Poliana, descendo do muro.

A corrida não foi disputada, pois Poliana lembrou-se bem a tempo de que correr rápido ainda era um dos luxos proibidos para ela. Mas no que dizia respeito a Jimmy, isso não importava. Suas bochechas não estavam mais quentes, seus olhos não ameaçavam transbordar de lágrimas. Jimmy era ele mesmo novamente.

"Nossa! Que automóvel adorável! Vamos nele?"

Capítulo III

Uma dose de Poliana

medida que se aproximava o dia 8 de setembro — o dia em que Poliana deveria chegar — a Sra. Ruth Carew ficava cada vez mais nervosa. Ela declarou que se arrependeu apenas uma vez de ter concordado em receber a menina. De fato, antes de se passarem vinte e quatro horas, escrevera à irmã pedindo que a liberasse do acordo. Della respondera que era tarde demais: tanto ela quanto o doutor Ames já haviam escrito aos Chilton.

Pouco depois chegou a carta de Della dizendo que a Sra. Chilton havia dado seu consentimento e que em poucos dias viria a Boston para fazer arranjos para a escola e coisas do gênero. Então não havia nada para ser feito, naturalmente, mas deixar as coisas seguirem seu curso. Ruth compreendeu e se submeteu ao inevitável. Na verdade, tentou ser decentemente civilizada quando Della e Poli Chilton chegaram. E ficou muito contente que o tempo limitado tornasse a estada da Sra. Chilton de duração muito curta.

Talvez tenha sido bom que a chegada de Poliana tivesse de ser, mais tardar, no dia oito, pois a passagem do tempo, em vez de fazer Ruth Carew acostumar-se com a perspectiva de ter mais uma pessoa em casa, tornava-a mais impaciente e irritada com aquele "esquema maluco de Della".

Nem a própria Della estava minimamente alheia ao estado de saúde de sua irmã. Se por fora ela mantinha uma fachada ousada, por dentro ela estava com muito medo dos resultados. Mantinha, porém, sua fé em Poliana e adotou a resolução de deixar a menina começar sua luta inteiramente sem ajuda e sozinha. Ela conseguiu, portanto, que a Sra. Carew as encontrasse na estação logo que chegassem; então, assim que as saudações e apresentações terminaram, ela alegou um compromisso anterior e se despediu. Ruth se viu, de repente, sozinha com Poliana.

— Oh, Della! Você não deve... Eu não posso... — murmurou, agitada, enquanto a enfermeira se afastava.

Claramente aborrecida, Ruth teve de dar atenção à menina.

Mas Della, se ouviu, não deu atenção; e, claramente irritada e vexada, a Sra. Carew voltou-se para a criança ao seu lado.

— Que pena! — exclamou Poliana. — Ela não ouviu, não foi mesmo? Eu não queria me separar dela tão cedo. Mas, agora, fiquei com a senhora e estou alegre por isso.

— Bem, você está comigo... e eu com você. Venha por aqui — disse Ruth, não muito graciosamente e apontando para a direita.

Obedientemente Poliana se virou e caminhou ao lado de Ruth, pela enorme estação. Olhou uma ou duas vezes para o rosto carrancudo da senhora. Depois de alguma hesitação, falou:

— Acho que a senhora pensou que eu fosse bonita — ela arriscou com uma voz perturbada.

— Bonita? — repetiu a Sra. Carew.

— Sim... com cachos, sabe, e tudo isso. A senhora imaginava como eu seria, e eu também imaginava como a senhora seria. Só que eu sabia que a senhora tinha de ser bonita e simpática, por causa de sua irmã. Eu podia fazer a comparação com ela, mas a senhora não tinha com quem me comparar. Sei que não sou bonita, tenho sardas, e não é legal esperar uma menina bonita e me ver...

— Que bobagem, menina! — interrompeu a Sra. Carew, um pouco bruscamente. — Venha. Temos de apanhar sua bagagem e depois vamos para casa.

Pensei que minha irmã fosse conosco. Parece que ela não vai ficar— nem esta noite.

— Eu sei. — Poliana sorriu e assentiu. — Ela não podia. Deve ter ido se encontrar com alguém. No Hospital, sempre havia alguém querendo falar com ela. As pessoas não lhe dão folga. Mas deve ser desejada por todos, não é?

Não houve resposta, talvez porque, pela primeira vez na vida, a Sra. Carew estivesse se perguntando se em algum lugar do mundo havia alguém que realmente quisesse a sua companhia. Não que ela fizesse questão disso, pensou, franzindo a testa para a menina.

Poliana não notou a cara fechada: não tirava os olhos da multidão em torno. E teve de dizer, muito contente:

— Nossa! Quanta gente! Há mais gente do que na outra vez que estive aqui. Mas ainda não vi nenhum conhecido. A senhora simpática com o bebê mora em Honolulu e não podia mesmo estar aqui. Mas havia uma menina, Susie Smith, que mora em Boston.

Será que a senhora conhece Susie Smith?

— Não conheço nenhuma Susie Smith — respondeu a Sra. Carew, secamente.

— Ela é muito legal, e é bonita. Tem cabelos pretos e cacheados, do tipo que eu vou conhecer quando eu for para o céu. Mas não importa. Se eu me encontrar com ela, a senhora fica conhecendo. Nossa! Que automóvel adorável! Vamos nele? — quis saber Poliana, quando pararam perto de uma limusine, cujo motorista, fardado, mantinha a porta aberta.

O motorista tentou esconder um sorriso — e falhou.

A Sra. Carew respondeu como alguém que achava que automóvel não é para passeios, mas um meio de locomoção de um lugar cansativo para outro, provavelmente não menos cansativo:

— Sim, vamos de carro para casa. — E voltou-se para Perkins, o motorista.

— Então, o automóvel é seu? — perguntou Poliana. A senhora deve ser terrivelmente rica, muito mais do que essas pessoas que têm carpetes em todos os cômodos e sorvete aos domingos, como os White. A senhora White é uma das senhoras da Sociedade Feminina de Ajuda. Sempre pensei que elas eram ricas, mas agora sei que ser muito rico significa ter anéis de brilhantes, criados, casacos de pele, vestidos de seda e veludo para todos os dias e um automóvel igual a este. A senhora tem tudo isso?

— Bem... — admitiu a Sra. Carew, sem jeito. — Suponho que sim...

— Então, a senhora é muito rica. Minha tia Poli também tem, só que seu automóvel é um cavalo. A senhora sabe? Nunca tinha andado de automóvel, a não ser naquele que me atropelou. Eles me puseram no carro, depois de me tirarem de baixo dele. Mas nem percebi e não pude aproveitar. Desde então, não entro em nenhum. Tia Poli não gosta. Tio Tom gosta, e tem vontade de ter um. Diz que vai ter um, para o seu trabalho. Ele é médico e os outros médicos da cidade já têm. Não sei como vai ser. Tia Poli tem medo. A senhora sabe: ela quer muito que tio Tom tenha tudo quanto deseje, mas só o que ela também queira. Está entendendo?

A Sra. Carew riu de repente.

— Sim, minha querida, acho que entendo — ela respondeu recatadamente, embora seus olhos carregavam um brilho muito incomum.

— Sabia que ia entender — suspirou Poliana satisfeita. — Achei que sim; ainda assim, soou meio confuso quando eu disse isso. Tia Poli diz que não se importaria de ter um automóvel, desde que fosse o único existente no mundo, para não haver perigo de algum passar por cima dela. Mas... Deus! Quantas casas! — E olhava em torno, com olhos arregalados de admiração. — Bem, é preciso que haja muitas casas, para caber aquela gente toda que vi na estação e mais todas as pessoas que andam pelas ruas. Naturalmente, quanto mais gente houver, mais gente podemos conhecer. Amo pessoas. A senhora não ama?

— Amar pessoas?

— Sim, pessoas. Qualquer pessoa... todas.

— Bem, Poliana, não posso dizer que gosto — respondeu Ruth com as sobrancelhas contraídas.

Seus olhos tinham perdido o brilho, voltados, com desconfiança, para Poliana. E a si mesma, Ruth dizia: "Aí vem, se não me engano, a pregação número um sobre o meu dever de amar o próximo, à maneira da minha irmã Della!"

— Não gosta? — suspirou Poliana. —As pessoas são tão legais e diferentes! Aqui deve haver muita gente assim. A senhora nem imagina como me sinto feliz em ter vindo. Sabia que ia ser assim logo que me disseram que a senhora era irmã da senhorita Wetherby. Gosto muito dela, e sabia que ia adorar a senhora também. As irmãs sempre se parecem, mesmo se não são gêmeas, como a senhora Jones e a senhora Peck. Elas não eram iguaizinhas, por causa da verruga. Mas sei que a senhora não está entendendo o que eu digo, mas vou explicar melhor.

Assim aconteceu que a Sra. Carew, que estava se preparando para uma pregação sobre ética social, teve de ouvir, com surpresa e um pouco para seu desgosto, a história de uma verruga no nariz da senhora Peck, uma das senhoras da Sociedade Feminina de Ajuda.

Quando a história terminou, a limusine tinha chegado à avenida Commonwealth e a garota começou a manifestar entusiasmo com a beleza do lugar.

— Que jardim bonito em toda a sua extensão, depois de todas aquelas ruelas estreitas. Acho que todo mundo gostaria de morar aqui!

— Muito provável, mas isso dificilmente seria possível — retrucou a Sra. Carew, com as sobrancelhas levantadas.

Poliana, confundindo a expressão em seu rosto com uma de insatisfação por sua própria casa não ser na bela avenida, apressou-se a fazer as pazes:

— Eu não quis dizer que as ruas estreitas não eram boas. Talvez seja até melhor morar lá, porque não se tem de andar muito para fazer compras. Oh! Mas a senhora mora aqui? — perguntou, quando o carro parou diante da imponente porta da Sra. Carew.

— Claro que moro aqui — respondeu a senhora, um pouco irritada.

— Imagino como deve se sentir feliz, morando num lugar tão lindo! — exclamou a menina, saltando para a calçada e olhando ansiosamente para Ruth. —Você não está feliz?

Ruth não respondeu e, pela segunda vez em cinco minutos, Poliana emendou:

— É claro que não me refiro ao tipo de alegria que é pecaminosamente orgulhosa. Talvez a senhora tenha pensado, como às vezes tia Poli pensa. Não quis me referir a essa alegria de ter algo que os outros não têm, mas à alegria de viver que a gente sente e dá vontade de sair gritando, berrando e batendo portas, você sabe, mesmo que não seja apropriado — E se pôs nas pontas dos pés, como se estivesse dançando.

Enquanto o motorista virava as costas precipitadamente e ocupava-se com alguma coisa no carro, a senhora Carew, ainda com lábios carrancudos e sobrancelhas franzidas, subiu na frente os largos degraus de pedra.

— Venha, Poliana — foi tudo o que ela disse, secamente.

Cinco dias depois, Della Wetherby recebeu uma carta da irmã, a primeira que recebia depois que Poliana chegara a Boston:

Querida irmã,

Pelo amor de Deus, por que não me falou o que eu poderia esperar dessa garota que você insistiu em que eu recebesse? Já estou quase louca e não posso mandá-la embora. Tentei três vezes, mas sempre, antes que eu fale, ela arranca as palavras de minha boca, dizendo que se sente feliz, satisfeita de estar aqui e sobre como foi bom que eu tivesse deixado que viesse morar comigo enquanto sua tia está na Alemanha. Como, diante disso, eu poderia contestar e dizer: "Por que não volta para sua casa? Eu não quero você aqui?" E a parte absurda disso é que eu não acredito que nunca tenha passado pela cabeça dela que eu não a quero aqui. Não sei como fazer para que ela entenda.

É claro que, quando ela começar a pregar, ou a me dar conselhos sobre como ser feliz, eu a mandarei embora. Você sabe — e eu já lhe disse isso — que não permitirei tal coisa. Duas ou três vezes pensei que ela estivesse começando uma pregação, mas sempre termina com alguma história ridícula sobre aquelas senhoras da Sociedade Feminina de Ajuda; então a pregação é desviada.

Mas, realmente, Della, ela é impossível. Em primeiro lugar, está entusiasmada com a casa. No primeiro dia que ela chegou, me implorou para abrir todos os cômodos, e não ficou satisfeita até que todas as persianas da casa estivessem levantadas, para que ela pudesse ver todas as coisas perfeitamente adoráveis que, segundo pensa, são mais bonitas que as do senhor Pendleton, acho que o nome é esse, alguém de Beldingsville. De qualquer forma, ele não é um Auxiliar de Senhoras. Eu descobri isso.

Depois, como se não bastasse me fazer andar de quarto em quarto (como se eu fosse o guia), eis que descobre um antigo vestido de cetim branco que eu não uso há anos e me implorou para vesti-lo. Acabei fazendo isso, pois me vi totalmente desamparada em suas mãos.

E isso foi apenas o começo. Fez questão de ver tudo e me contou um caso a respeito das cestas dos missionários. Não pude deixar de rir, mesmo que estivesse com vontade de chorar, pensando nas roupas horríveis que a coitada tinha de usar. Claro que vestidos levavam a joias, e ela ficou tão admirada com os dois ou três anéis, que cometi a loucura de tirar do cofre, e tive a impressão de que seus olhos iam saltam das órbitas, de tão arregalados. Acredite, Della, pensei que ela tivesse enlouquecido. Fez-me usar todos os anéis, broches, pulseiras e colares e colocou em minha cabeça as duas tiaras de brilhantes (quando ela descobriu o que eram), até que fiquei por ali, sentada, carregada de pérolas, diamantes e esmeraldas, como uma deusa pagã num templo hindu. Especialmente, quando a maluquinha começou a dançar em volta de mim, batendo palmas e cantando: "Que lindo, que lindo! Como eu adoraria pendurar você em uma corda na janela — você faria um lindo prisma!'"

Eu ia perguntar a ela o que diabos ela quis dizer com aquilo quando ela caiu no meio do chão e começou a chorar. E por que você acha que ela estava chorando? Porque ela estava tão feliz por ter olhos que podia ver! Agora, o que você acha disso?

Poliana está aqui há quatro dias — e ela agitou cada um deles. Já fez amizade com o limpador de chaminés, o policial de serviço e o jornaleiro, para não falar dos criados da casa. Todos estão encantados com ela. Mas não pense que eu também estou. Eu enviaria a criança de volta para você imediatamente se não me sentisse obrigada a cumprir minha promessa de mantê-la neste inverno. Quanto a me fazer esquecer Jamie e acabar com o meu sofrimento, é impossível. Ela só serve para me fazer sentir a perda mais intensamente, pois é ela que está comigo e não Jamie. Mas, como eu disse, vou ficar com ela — até que ela comece a pregar. Então, a menina volta para você. Mas ela ainda não pregou.

Amorosamente,

Ruth

— Ela ainda não pregou... — murmurou Della consigo mesma, enquanto dobrava a carta da irmã. — Ah, Ruth, Ruth! No entanto, você admite que abriu todos os cômodos, deixou o sol entrar em sua casa e se enfeitou de cetim e joias... E ainda não faz uma semana que Poliana chegou! Mas ela não pregou, não, ela não tem pregou!

Capítulo IV

O jogo e Ruth Carew

Boston, para Poliana, era uma experiência nova, e certamente Poliana, para Boston. Ainda que gostasse da cidade, ela desejava que não fosse tão grande..

— Sabe, tinha vontade de ver tudo, e não é possível — disse ela a Ruth no dia seguinte ao de sua chegada. — É como os jantares de tia Poli. Há tanta coisa para se comer que a gente acaba sem comer direito... fica escolhendo e não se decide. Claro que a gente fica feliz vendo tanta coisa boa, não coisas como remédios e funerais, é claro! Mas, ao mesmo tempo, não podia deixar de desejar que os jantares da tia Poli pudessem ser distribuídos um pouco ao longo dos dias em que não havia bolo e torta. Sinto a mesma coisa a respeito de Boston. Queria levar uma parte dela comigo, para Beldingsville... assim eu teria alguma coisa no próximo verão. Claro que isso não é possível. Cidades não são como os bolos com glacê que a gente guarda. Para falar a verdade, mesmo com os bolos não é fácil. Já tentei e não deu certo: o bolo fica duro, até o glacê. Mas ainda vou aprender! Eu acho que comer glacê e curtir bons momentos não deve ser adiado; então quero ver tudo o que posso agora enquanto estou aqui.

Ao contrário das pessoas que pensam que, para se conhecer o mundo, tem que começar no ponto mais distante, Poliana começou a conhecer Boston com cuidadosa exploração do ambiente que a rodeava: a bela residência da avenida Commonwealth, que agora era sua casa. Isso ocupou todo o seu tempo e atenção, durante alguns dias, juntamente com suas tarefas escolares.

Havia tanto para ver e aprender! E tudo era maravilhoso — desde os aposentos sempre iluminados até o grande e silencioso salão de baile, com fotos e espelhos. E quanta gente simpática! Além da senhora Sra. Carew, havia Mary, que limpava as salas de estar, atendia a campainha e acompanhava Poliana na escola todos os dias. Havia Bridget, cozinheira, que praticamente morava na cozinha, Jennie, que servia a mesa, e Perkins, o motorista. Todos eram tão encantadores e, no entanto, tão diferentes!

Poliana chegara numa segunda-feira e, assim, passou-se uma semana até o domingo seguinte. Na manhã desse dia, ela desceu para o andar de baixo com um sorriso radiante:

— Amo os domingos!

— É mesmo? — perguntou Ruth, com voz de quem não gostava nem de domingos.

— Sim! Por causa da igreja e da escola dominical. De que é que a senhora gosta mais? Da igreja ou da escola?

— Na verdade... — começou Ruth, que raras vezes fora à igreja e nunca à escola dominical.

— É difícil dizer, não é? — interpôs Poliana, com olhos sérios e luminosos. —Acho que gosto mais da igreja, por causa de meu pai. Ele era pastor e agora está no céu, com minha mãe e os outros da família. Às vezes tento imaginá-lo aqui embaixo, e é mais fácil na igreja, quando o pastor está falando. Fecho os olhos e penso que é meu pai que está ali. Ajuda muito. A senhora não acha que é bom a gente imaginar as coisas?

— Não tenho tanta certeza disso, Poliana.

— Ora, pense como as coisas que imaginamos são melhores do que as reais. Quer dizer, não é o seu caso, pois as suas coisas reais são tão boas!

Ruth, irritada, abriu a boca para replicar, mas Poliana não lhe deu tempo:

— Durante o tempo em que estive doente, quando não podia andar, eu ficava imaginando o tempo todo. Ainda hoje fico imaginando, muitas vezes, sobre meu pai e outras coisas. Hoje vou imaginar que é meu pai que está no púlpito. A que horas nós vamos?

— Vamos onde?!

— Para a igreja, quero dizer.

— Poliana, eu não... isto é, prefiro não...

Sra. Carew pigarreou e tentou novamente dizer que não ia à igreja de jeito nenhum. Mas com Poliana e seu rostinho confiante e olhos felizes diante dela, não conseguiu.

— Ora, suponho... por volta das dez e quinze... se formos a pé — disse então, quase zangada.

Assim aconteceu que, naquela brilhante manhã de setembro, Ruth ocupou, pela primeira vez em meses, o banco reservado à sua família na igreja, o mesmo que frequentava quando menina e para o qual contribuía com dinheiro.

Para Poliana, aquele culto de domingo de manhã foi motivo de admiração e alegria. A maravilhosa música que vinha do coro, os raios opalescentes dos vitrais, a voz sonora do pastor e o silêncio reverente da multidão em adoração a encheram de um encanto que a deixou por um tempo quase sem palavras. Só quando já estavam perto de casa, desabafou:

— Senhora Carew, eu estava pensando como sou feliz porque a gente só vive um dia de cada vez.

A Sra. Carew franziu a testa e baixou os olhos bruscamente — não estava com disposição para ouvir pregação. Já fora obrigada a aturar a pregação do púlpito — pensou, furiosa — e não suportaria o daquela menina. Depois, aquela teoria de "viver um dia de cada vez" era uma das teorias favoritas de Della. Quantas vezes sua irmã lhe dissera: "Mas você só tem que viver um minuto de cada vez, Ruth, e qualquer um pode suportar qualquer coisa por um minuto de cada vez!"

— É mesmo? — perguntou, tensa.

— Claro. Já imaginou a gente viver ontem, hoje e amanhã ao mesmo tempo? São tantas coisas boas de uma só vez. Eu tive ontem, estou tendo hoje, vou ter amanhã e o próximo domingo. Honestamente, Sra. Carew, se hoje não fosse domingo e eu não estivesse no meio da rua, ia sair dançando, cantando e gritando. Não posso resistir. Como é domingo, tenho de esperar até chegar em casa e, então, cantar um hino, o mais alegre que eu possa pensar. Qual é o hino mais alegre que existe? A senhora sabe, Sra. Carew?

— Não, não posso dizer que sim —respondeu a Sra. Carew, vagamente, olhando como se ela estivesse procurando por algo que havia perdido.

Para alguém que esperava ouvir sempre que as coisas eram más, escutar que deveria viver um dia de cada vez era estranho, para não dizer o mínimo. Imaginem: ouvir que tinha muita sorte de desfrutar um dia de cada vez, porque tudo era bom!

Na segunda-feira, na manhã seguinte, Poliana foi à escola pela primeira vez, sozinha. Já conhecia o caminho e era apenas uma curta caminhada. Poliana gostava muito de sua escola — um pequeno colégio particular para meninas e era uma experiência bastante nova, a seu modo; mas Poliana gostava de novas experiências.

A Sra. Carew, no entanto, não gostava de novas experiências e estava tendo muitas delas naqueles dias. Para uma pessoa cansada de tudo, teria de ser um aborrecimento conviver de perto com alguém que via em tudo fascínio e alegria. E a Sra. Carew estava mais do que irritada, estava exasperada. No entanto, para si mesma, ela foi forçada a admitir que, se alguém lhe perguntasse por que estava exasperada, a única razão que poderia dar seria "Porque Poliana está tão feliz" — e mesmo a Sra. Carew dificilmente gostaria de dar uma resposta assim.

Escreveu a Della para dizer que a palavra "feliz" lhe fazia mal aos nervos e às vezes desejava nunca a ouvi-la de novo. Ainda admitia que Poliana não pregara sermões, nem mesmo tentara fazer o jogo do contente. O que a menina fazia era considerar natural e provada a "alegria" de Ruth — era muito provocador.

Foi durante a segunda semana de convivência com Poliana em Boston que o aborrecimento de Ruth transbordou para manifesta irritação. A causa imediata foi a conclusão brilhante de um dos casos contados por Poliana a respeito das senhoras da Sociedade Feminina de Ajuda.

— Estávamos jogando — explicou. — Mas a senhora talvez não saiba como é o jogo. Vou mostrar como é. É um jogo adorável.

Mas a Sra. Carew ergueu a mão.

— Não importa, Poliana. — Já sei tudo a respeito desse jogo. Minha irmã me contou. E devo lhe dizer que não estou... não estou interessada nele.

— Claro que não, senhora Carew. — Poliana parecia se desculpar. — Eu não quis dizer o jogo para você. Mas é claro que a senhora não pode jogar!

— Não posso?! — perguntou Ruth, que, embora não estivesse disposta a fazer aquele joguinho bobo, também não estava disposta a ouvir que não podia.

— Não pode, a senhora não vê? O jogo consiste em descobrir que em tudo há um lado bom. A senhora não poderia procurar o lado bom de uma coisa ruim, pois tudo o que lhe acontece é bom! Não pode jogar, está vendo?

A Sra. Carew corou de raiva. Em seu aborrecimento, ela disse mais do que talvez quisesse dizer:

— Você acha? Pois fique sabendo que não vejo nada que possa ser motivo de alegria para mim.

A menina ficou sem entender um instante e depois exclamou, estarrecida:

— O quê, senhora Carew? — ela sussurrou.

— Isto mesmo que você ouviu — disse a Ruth, esquecida de que não estava disposta a ouvir sermões de Poliana.

— Mas... — murmurou a menina, incrédula. — Esta casa é tão linda!

— Ora, é apenas um lugar para comer e dormir... e não gosto de comer e dormir.

— Há tantas coisas maravilhosas!

— Estou cansada delas.

— E o seu automóvel, que pode levá-la aonde quiser?

— Não quero ir a lugar algum.

— Mas pense nas coisas e pessoas que a senhora vê! — Poliana engasgou de espanto.

— Não me interessam, Poliana.

— Não entendo, senhora Carew. — Poliana, olhou com espanto. — Antes sempre havia coisas ruins para as pessoas fazerem o jogo do contente, e quanto mais malvadas, mais divertido era o jogo, quer dizer, descobrir o lado bom das coisas. Mas, se não há coisas ruins, não sei como se poderia jogar.

Não houve resposta por um tempo. A Sra. Carew estava sentada com os olhos para fora da janela. Gradualmente, a revolta em seu rosto mudou para um olhar de tristeza sem esperança. Muito lentamente, ela se virou e disse:

— Pensei que não devia falar isto com você, Poliana. Mas decidi falar. Vou lhe dizer porque nada que eu tenho pode me fazer feliz.

E ela começou a contar a história de Jamie, o garotinho de quatro anos que, oito longos anos antes, havia entrado como em outro mundo, deixando a porta bem fechada entre eles.

— A senhora não o viu nunca mais? — perguntou Poliana com olhos lacrimejantes, quando a história acabou.

— Nunca.

— Vamos encontrá-lo, Sra. Carew. Tenho certeza.

A Sra. Carew balançou a cabeça com tristeza.

— Ora, já procurei por toda parte, até no exterior.

— Ele deve estar em algum lugar.

— Ele pode estar... morto, Poliana.

— Não! — protestou Poliana. — Por favor, não diga isso! Vamos imaginar que ele está vivo. Podemos imaginar, e isso faz bem. Depois de imaginarmos que ele está vivo, podemos imaginar que vamos encontrá-lo. E isso ajudará ainda mais.

— Mas temo que esteja morto — engasgou a Sra. Carew.

— Só que não tem certeza, não é?

— Certeza, não.

— Quer dizer que a senhora só imaginou isso. E se pode imaginar que ele está morto, pode muito bem imaginar que ele está vivo, e será bem melhor. Tenho certeza de que um dia a senhora o encontrará. Agora a senhora pode fazer o jogo do contente! Pode jogar com Jamie. Pode se sentir feliz todos os dias, pois cada dia a torna mais perto do dia em que vai encontrá-lo. Viu só?

Ruth Carew não "viu". Levantou-se tristemente, exclamando:

— Não, menina! Você não entende. Vá brincar ou ler, ou fazer qualquer coisa. Estou com dor de cabeça e vou me deitar.

E Poliana, com um rosto preocupado e sóbrio, saiu lentamente da sala.

Capítulo V

Poliana faz uma caminhada

Foi no segundo sábado à tarde que Poliana fez sua memorável caminhada. Até então, a menina ainda não havia saído sozinha, exceto para ir e voltar da escola. Nunca ocorreu à Sra. Carew que ela tentasse explorar por conta própria as ruas de Boston e, por isso, nem se preocupou em proibir-lhe que o fizesse. Em Beldingsville, no entanto, Poliana havia encontrado — especialmente no início — sua principal diversão: passear sobre as antigas ruas da vila, em busca de novos amigos e aventuras. Naquela tarde de sábado em particular, a Sra. Carew dissera, como tantas vezes antes:

— Vá para onde quiser, faça o que quiser. Mas, por favor, não me faça mais perguntas hoje!

Até agora, entregue a si mesma, Poliana achava muita coisa com que se distrair sem sair de casa. Se as coisas inanimadas não bastassem, havia Mary, Jennie, Bridget e Perkins. Naquele dia, porém, Mary estava com dor de cabeça, Jennie ocupada em ajeitar um chapéu, Bridget fazendo torta de maçã e Perkins não foi encontrado. Além disso, era um dia de setembro particularmente bonito, e nada dentro casa era tão atraente quanto a luz do sol e o ar ameno lá fora. Assim, Poliana saiu.

Por algum tempo ela observou, em silêncio, os homens, mulheres e crianças, que passavam rapidamente pela casa, ou que passeavam vagarosamente sobre a faixa arborizada que se estendia pela avenida. Depois, desceu a escada da casa e parou, olhando primeiro para a direita, depois para a esquerda.

Poliana decidiu que ela também iria dar uma volta. Era um lindo dia para isso e ela ainda não tinha feito um passeio de verdade; apenas ir e voltar da escola não contava. A senhora Carew não ia se importar se ela desse um passeio naquele dia. Pois não lhe dissera para fazer o que quisesse, menos perguntas? Tinha a tarde toda para passear e quanta coisa poderia ver numa tarde inteira! Bem, iria... por ali. E com uma pirueta de pura alegria, Poliana virou-se e caminhou alegremente pela avenida. Sorria para todos e se sentia desapontada — mas não surpreendida — ao ver que ninguém correspondia ao seu sorriso: já se acostumara com isso, em Boston. Continuava a sorrir na esperança de que, de repente, alguém correspondesse ao seu sorriso.

A casa da Sra. Carew ficava muito perto do início da avenida Commonwealth, então não demorou muito para que Poliana se encontrasse à beira de uma rua cruzando seu caminho em ângulos retos. Do outro lado da rua, em toda a sua glória de outono, ficava o que Poliana considerou o mais belo jardim que já vira em sua vida: o Jardim Público de Boston.

Por um momento, Poliana hesitou, olhando fixamente para a beleza da paisagem diante dela. Nem por um segundo duvidou que fosse propriedade particular de algum rico. Uma vez, com o Dr. Ames no Hospital, ela foi levada para visitar uma senhora que morava em uma bela casa cercada por caminhos, árvores e canteiros de flores como esses. Poliana teve vontade de cruzar a rua e entrar no jardim, mas achou que não tinha esse direito. É verdade que havia outras pessoas andando por ali, mas deviam ser convidados do dono do parque. Depois, viu duas mulheres, um homem e uma menina atravessarem o portão e concluiu que ela também poderia fazer o mesmo. Então, cruzou agilmente a rua e entrou no jardim.

Era ainda mais bonito de perto do que de longe. Pássaros chilrearam sobre sua cabeça e um esquilo saltou pelo caminho à sua frente. Em bancos aqui e ali sentavam-se homens, mulheres e crianças. Ouviu gritos de crianças e o som de música. Mais uma vez, hesitou, e em seguida, um pouco timidamente, abordou uma jovem elegantemente vestida vindo em sua direção:

— Por favor... é alguma festa?

— Festa? — A moça olhou-a, assustada.

— Quero dizer... Não faz mal eu estar aqui?

— Que ideia! Claro que não. É para... para todos! — exclamou a jovem.

— Ah, tudo bem, então. Estou feliz por ter vindo — sorriu Poliana.

A jovem não disse nada e olhou ainda atordoada para a menina, enquanto se afastava. Poliana não ficou nem um pouco surpresa que o dono desse lindo lugar fosse tão generoso a ponto de dar uma festa para todos, e continuou seu caminho. Em uma curva, ela se deparou com uma garotinha que empurrava um carrinho de boneca. Parou, sorrindo, e não chegou a dizer meia dúzia de palavras quando surge uma jovem andando depressa e falando em tom irritado:

— Venha, Gladys! Mamãe já não lhe disse para não falar com crianças estranhas?

— Mas eu não sou uma criança estranha! — protestou Poliana. — Moro aqui, em Boston.

Mas a jovem e a garotinha arrastando o carrinho de bonecas já estavam longe. Por um momento, Poliana ficou em silêncio, desapontada. Depois, ergueu o queixo e continuou caminhando. Pensou: "De qualquer modo, posso ficar alegre com isso, e talvez encontre alguém mais simpático. Quem sabe, Susie Smith ou o Jamie da senhora Carew... Seja como for, posso imaginar que os estou encontrando e, se não encontrá-los, conhecerei alguém!" E olhou esperançosa para as pessoas egocêntricas ao seu redor.

Inegavelmente, Poliana se sentia solitária. Criada pelo pai e pelas senhoras da Sociedade Feminina de Ajuda de uma pequena cidade do oeste, passara a considerar todas as casas da localidade como seu lar e todas as pessoas como amigas. Quando foi morar com a tia em Vermont, aos onze anos, ela prontamente presumiu que as condições seriam diferentes apenas porque as casas e os amigos seriam novos e, portanto, ainda mais agradáveis, possivelmente, pois seriam "diferentes" — e Poliana amava coisas e pessoas “diferentes”! Desde o começo, o que mais a entusiasmava em Beldingsville eram as longas caminhadas pela cidade e as visitas aos novos amigos. Era natural, quando ela viu Boston pela primeira vez, parecia a Poliana ainda mais deliciosamente promissora em suas possibilidades.

Até agora, no entanto, Poliana teve que admitir que, em um aspecto, Boston era, de alguma forma, decepcionante: estava lá há duas semanas e ainda não conhecia as pessoas, mesmo as que moravam em frente ou ao lado. Mais inexplicável: Ruth Carew não conhecia muitas delas nem tinha relações com qualquer uma, sempre indiferente aos seus vizinhos. Para Poliana, isso era quase inacreditável, mas nada que ela pudesse dizer parecia mudar a atitude da Sra. Carew sobre o assunto.

“Eles não me interessam, Poliana”— foi tudo o que ela disse.

Poliana — que se interessava, ao contrário — foi forçada a se contentar.

Naquele dia, no entanto, Poliana começou o passeio esperançosa e, até agora, continuava frustrada. Havia ali pessoas que deviam ser encantadoras — se ela as conhecesse. Pior ainda, parecia não haver perspectiva de que ela as conhecesse, pois elas, aparentemente, não desejavam conhecê-la. Depois, Poliana ainda estava preocupada com aquela dura advertência sobre “crianças estranhas”. Disse consigo mesma:

“Está bem. Vou ter de mostrar que não sou uma criança estranha” —, avançando com confiança novamente. Pondo em prática a ideia, sorriu de maneira doce para a próxima pessoa que encontrou e disse alegremente:

— Que dia lindo, não é?

— O quê?... Ah! É mesmo... — resmungou a senhora a quem se dirigira e que tratou de acelerar o passo.

Por mais duas vezes, Poliana tentou, mas com resultados decepcionantes. Em pouco tempo, se deparou com um pequeno lago, que brilhava com os raios de sol filtrados por entre as árvores. Era linda e por ela passavam vários barquinhos com crianças, que riam e gritavam de alegria. Enquanto olhava, Poliana foi se sentindo cada vez mais insatisfeita por permanecer sozinha. Avistou, então, um homem sentado não muito longe, avançou lentamente em sua direção, indo sentar-se na outra ponta do banco. Em outra ocasião, ela teria se aproximado sem hesitar e iniciado uma conversa; mas as rejeições recentes a encheram de uma desconfiança incomum. Discretamente, ela olhou para o homem.

Ele não era muito bom de se olhar. Suas roupas, embora novas, estavam empoeiradas e claramente mostravam falta de cuidado. Era igual (embora Poliana não soubesse) à roupa que o Estado costuma dar aos prisioneiros que acabam de cumprir pena. Seu rosto era de um branco pastoso e não fazia a barba há pelo menos uma semana. Com as mãos nos bolsos, ele sentou-se preguiçosamente olhando para o chão. Poliana ficou em silêncio durante bastante tempo, até que tentou, com esperança:

— É um bom dia, não é?

O homem virou a cabeça com um sobressalto.

— Hein?... O que foi que você disse? — perguntou o homem, como se ela não tivesse se dirigido a ele.

— Eu disse que é um bom dia. Mas não me importo muito com isso. Isto é, claro que estou feliz que é um bom dia, mas eu disse isso apenas para iniciar uma conversa. Eu só estava querendo conversar com o senhor... sobre qualquer assunto.

O homem deu uma risadinha. Mesmo para Poliana, a risada soou um pouco esquisita, embora ela não soubesse (assim como o homem sabia) que há muito tempo não escapava uma risada daqueles lábios.

— Então você quer que eu fale, não é? — ele disse um pouco triste. — Está bem. Não sei como, mas vou tentar. Acho que uma mocinha legal como você pode conversar com gente melhor que um velho fracassado como eu.

— Mas eu gosto de velhos! — exclamou Poliana rapidamente. — Quer dizer, gosto de pessoas mais velhas, e não sei o que é um fracassado. Assim, não posso não gostar de fracassados. Mas, se o senhor é fracassado, estou vendo que gosto de fracassado— concluiu, com convicção.

— Fico muito lisonjeado! — O homem sorriu ironicamente.

Embora sua fisionomia expressasse certa dúvida, o fato é que ele se endireitou e pareceu mais confiante. Perguntou:

— Sobre o que vamos conversar?

— Sobre qualquer coisa, o assunto não importa. Tia Poli diz que, seja sobre o que for que eu fale, no fim acabo falando sobre as senhoras da Sociedade Feminina de Ajuda. Afinal, foram elas que me criaram. Podemos falar sobre esta festa. Eu estou achando uma festa perfeitamente linda — agora que eu conheço alguém.

— Que festa?

— O senhor sabe. Todas essas pessoas aqui hoje, isso é uma festa, não é? Uma senhora me disse que era para todos e então eu fiquei, embora ainda não tenha visto o dono da casa.

Os lábios do homem se contraíram.

— Bem, mocinha. — O homem segurou para não rir. — Talvez seja mesmo uma festa, de certa forma. Mas o "dono da casa" que dá a festa é a Prefeitura de Boston. Este é o Jardim Público , um jardim para todo mundo, entendeu?

— Quer dizer que posso vir aqui a qualquer hora que eu quiser? É muito melhor do que imaginei! Eu estava preocupada de nunca mais poder voltar aqui. Estou feliz de não ter sabido disso antes, senão não teria sentido a satisfação que sinto agora. Sabe, quando se está procurando as coisas boas esquece-se das outras.

— Bem, se ficarem melhores mesmo... — admitiu o homem, um pouco sombrio.

— Sim, acho que sim — assentiu Poliana, sem perceber a tristeza do desconhecido. — Não acha lindo este lugar? Será que a senhora Carew sabe que o jardim é público? Creio que todos devem ter vontade de ficar aqui o máximo possível, admirando esta beleza.

— Algumas pessoas têm de trabalhar — disse o homem, fechando a cara. — Essas pessoas têm algo a fazer além de vir aqui para dar uma olhada; mas eu não sou uma delas.

— Então você pode ficar feliz por isso, não pode? — disse Poliana, com os seus olhos seguindo encantados um barco que passava.

Os lábios do homem se abriram indignados, mas nenhuma palavra saiu. Poliana continuou:

— Muitas vezes eu gostaria de não ter nada para fazer. Mas tenho de ir para escola. Gosto muito de lá, mas há tantas coisas de que gosto mais. No último inverno, eu pensava que nunca mais ia poder frequentar um colégio em minha vida. Eu perdi minhas pernas por um tempo, quero dizer, fiquei sem andar durante algum tempo. E a gente só valoriza algumas coisas quando elas nos faltam. Pernas são muito importantes. E os olhos, então? Já pensou como é bom a gente poder enxergar? Nunca tinha pensado nisso, até que fui para o Hospital. Lá havia uma senhora que ficara cega um ano antes. Tentei fazer com que ela praticasse o jogo, isto é, tentar descobrir uma coisa que nos dê alegria. Ela me disse que não podia e que, se eu quisesse saber por quê, cobrisse os olhos com um lenço durante uma hora. Eu fiz isso e foi terrível. Já experimentou?

— Não... nunca, ora. — O desconhecido parecia perplexo.

— Pois não experimente... é horrível. A gente não consegue fazer nada. Eu fiquei com os olhos vendados uma hora inteira. Depois, sempre me sinto feliz quando vejo alguma coisa linda, como esse parque, tão feliz que sinto vontade de chorar, porque posso enxergar. Agora, aquela senhora que ficou cega está fazendo o jogo. A senhorita Wetherby me contou.

— O jogo?

— Sim. O jogo do contente, eu não disse? A gente tem que encontrar algo em tudo para se alegrar. Agora, ela descobriu uma coisa. Seu marido é o tipo de homem que ajuda a fazer as leis e ela lhe pediu para fazer uma lei que ajudasse pessoas cegas, especialmente crianças cegas. A tal lei foi criada, afinal, e todos dizem que, se não fosse pelo esforço dela, não haveria a lei. Aquela senhora diz que se sente feliz por ter ficado cega — assim pôde ajudar tanta gente. Como vê, ela está fazendo o jogo do contente. Mas estou vendo que o senhor nada sabe a respeito desse jogo ,então eu vou te explicar.

E Poliana, animada, falou do pequeno par de muletas de muito tempo atrás, que deveria ter sido uma boneca. Quando a história terminou, houve um longo silêncio; então, abruptamente, o homem se pôs de pé.

— Já vai embora? — perguntou Poliana, decepcionada.

— Sim, eu estou indo agora — ele sorriu para ela um pouco desajeitado.

— Mas você vai voltar algum dia, não é?

— Não... espero que não. — Veja bem, fiz uma grande descoberta hoje. Pensei que estava deprimido. Achei que não havia nenhum lugar para mim. Acabei de descobrir a importância de dois olhos, dois braços e duas pernas. Agora vou usá-los, e vou fazer alguém entender que eu sei como usá-los!

No momento seguinte, ele se foi.

— Que homem engraçado! — refletiu Poliana, enquanto o homem se afastava. — Mas era legal... e muito diferente também.

Poliana se levantou e continuou a caminhada, sentindo-se mais confiante. O homem não tinha dito que aquele era um jardim público e que todos tinham o direito de entrar lá? Aproximou-se do lago e atravessou uma ponte que levava ao ponto onde os barquinhos partiam. Ficou observando as crianças, na esperança de avistar os cachos negros de Susie. Gostaria de passear de barco, mas viu uma placa que custava cinco centavos e ela estava sem dinheiro. Sorriu para várias pessoas e, por duas vezes, ela falou timidamente. Mas ninguém falou com ela, e aqueles a quem ela se dirigiu a olharam friamente, e deram poucas respostas.

Depois de um tempo, ela voltou seus passos para outro caminho, então, viu um menino muito pálido, numa cadeira de rodas. Ela teria falado com ele, mas o garoto estava tão absorto na leitura de um livro que ela achou melhor se afastar. Logo encontrou uma bela moça, mas um pouco triste, sentada sozinha, com o olhar melancólico, como o desconhecido de antes. Com um gritinho de satisfação, Poliana se aproximou:

— Ah, como você está? — ela sorriu. Estou tão feliz por ter encontrado você. Eu a estava procurando há muito tempo. — E sentou-se na extremidade desocupada do banco.

— Oh! — exclamou a moça, surpresa com as palavras de Poliana. — Que está dizendo? Eu nunca coloquei os olhos em você antes na minha vida.

— Eu também nunca vi você. — Poliana sorriu. — Mas estava procurando por você. Quer dizer, não sabia como você seria, exatamente. Só procurava alguém que parecesse solitário. Assim como eu. Há tanta gente aqui, está vendo?

— Sim, entendo — assentiu a moça, voltando à sua velha apatia. — Mas é uma pena que você tenha descoberto isso tão cedo, pobrezinha!

— Descoberto o quê?

— Que o lugar do mundo onde há mais solidão é entre a multidão em uma cidade grande.

— É mesmo? — Poliana franziu a testa e ponderou. — Não sei como alguém pode se sentir solitário quando há tantas pessoas em volta. Mas... — Hesitou um pouco e acrescentou: — Eu mesma estava solitária hoje e havia gente em torno de mim. Só que ninguém se preocupava comigo ou notava a minha presença.

A moça bonita sorriu amargamente.

— É assim mesmo. — Não se preocupam, não notam... A multidão não vê.

— Ora, algumas pessoas sim — insistiu Poliana. — Podemos ficar felizes que alguns o façam.

— Sim, algumas notam... demais. — A moça estremeceu, assustada e olhando para o caminho que se abria além de Poliana.

A menina encolheu-se, consternada. Rejeições repetidas naquela tarde a haviam afetado.

— Está se referindo a mim? — gaguejou. — Queria que eu não a tivesse notado?

— Não, não, garotinha! Eu quis dizer... alguém bem diferente de você. Alguém que não deveria ter notado. Fiquei feliz por você falar, só que... a princípio pensei que fosse alguém de minha terra.

— Então você não mora aqui? Eu também sou de fora.

— Bem, vivo aqui agora — disse a moça. — Se é que se pode chamar de viver o que faço.

— E o que é que você faz? — perguntou Poliana, interessada.

— De manhã até à noite, vendo rendas para mocinhas que conversam, riem e conhecem umas às outras. Depois, vou para casa... moro num pequeno quartinho nos fundos e tenho de subir três lances de escada. No meu quarto só cabe uma cama, uma mesinha com uma moringa, uma cadeira quebrada e eu mesma. É como uma fornalha no verão e uma caixa de gelo no inverno. É o lugar que eu tenho, e eu devo ficar nele, quando não estou trabalhando. Hoje, saí. Não queria ficar no quarto e nem me enfiar em alguma biblioteca antiga para ler. Hoje é o nosso último feriado deste ano. E vou aproveitar, uma vez na vida. Sou jovem e gosto de rir e brincar tão bem quanto as garotas para quem vendo as tiaras o dia todo.

Poliana sorriu e acenou com a cabeça, demonstrando aprovação.

— Fico feliz que você pense assim, como eu. Depois, se Deus se deu ao trabalho de nos dizer oitocentas vezes para estarmos felizes e nos alegrarmos, Ele deve querer mesmo que façamos isso. Você deve conhecer os trechos da Bíblia que nos manda regozijar...

— Não, não conheço — disse a moça, secamente e com uma expressão estranha. — Não estava pensando na Bíblia.

— Entendo. Eu sei... Mas meu pai era pastor...

— Pastor?

— Sim. O seu também era? — perguntou Poliana.

— Era, sim — respondeu a moça, corando.

— Ah, e ele se foi, assim como o meu, para estar com Deus e os anjos?

A garota virou a cabeça.

— Não. Ele ainda está vivendo em casa — murmurou a moça.

— Então, você deve ficar feliz! — exclamou Poliana com inveja. — Às vezes fico pensando que, se pudesse ver meu pai ao menos uma vez... Você vê seu pai, não é mesmo?

— Não frequentemente. Sabe como é... Agora estou morando aqui.

— Mas você pode vê-lo. Eu não posso ver o meu. Ele foi para o céu, encontrar-se com minha mãe e os outros da família. Sua mãe está viva?

— Sim — respondeu a moça, dando sinais de que queria ir embora.

— Nesse caso, você pode ver os dois! — exclamou Poliana. — Como deve se sentir feliz! Não há ninguém de que a gente goste mais do que dos nossos pais, não é? Eu sei, pois perdi meu pai quando tinha onze anos. Então, fiquei com as senhoras da Sociedade Feminina de Ajuda, até ir para a casa da tia Poli. As senhoras da Sociedade Feminina de Ajuda são muito boas, mas não são iguais às mães, nem mesmo como tias Poli.

Poliana se sentia à vontade falando, ela adorava conversar. Achava natural expor seus pensamentos e contar sua vida a uma pessoa estranha, como aquela moça que encontrou num banco do Jardim Público de Boston. Para a menina, todas as pessoas eram amigas. E gostava tanto de conversar com desconhecidos quanto com conhecidos, e ainda havia a expectativa do mistério e da aventura quando se tratava de alguém que ela não conhecia.

Assim, Poliana falou para a jovem ao seu lado, sem reservas, sobre seu pai, da tia Poli, de sua pequena cidade no Oeste e de sua viagem para Vermont. Falou de novos amigos e velhos amigos e, é claro, explicou o jogo do contente — sempre falava nisso, cedo ou tarde. Era, de fato, tão parte dela mesma que ela dificilmente poderia ter deixado de contar sobre isso.

A moça falou pouco. Mas já não continuava apática, como no começo. Havia uma mudança marcante em sua atitude. As bochechas coradas, sobrancelhas franzidas, olhos perturbados e dedos que trabalhavam nervosamente eram claramente os sinais de alguma luta interior De vez em quando ela olhava apreensiva para o caminho, por trás de Poliana, e foi depois de um desses olhares que ela agarrou o braço da menina, dizendo:

— Escute, não vá embora agora! Fique aí mesmo. Estou vendo um homem que conheço vindo para cá. Não importa o que ele diga, não dê atenção a ele. Ficarei aqui, com você. Está ouvindo?

Antes que Poliana se refizesse da surpresa, viu, parado diante de si, um cavalheiro muito bonito.

— Ah, aqui está você — ele sorriu agradavelmente, levantando o chapéu para a companheira de Poliana. —Temo que terei que começar com um pedido de desculpas — estou um pouco atrasado.

— Não importa, senhor — respondeu a jovem. — Decidi não ir.

— Meu bem, não seja dura com um sujeito porque ele está um pouco atrasado! — disse o rapaz, com uma risadinha.

— Não é por isso. — A moça corou ligeiramente. — Eu não vou mesmo.

— Absurdo! — O homem parou de sorrir e falou bruscamente. — Você disse, ontem, que iria.

— Mudei de ideia. Já disse a esta minha amiguinha que vou ficar com ela.

— Ah, mas se você preferir ir com este bom cavalheiro — começou Poliana, ansiosa, mas ela recuou silenciada com o olhar que a moça deu a ela.

— Eu digo a você que eu prefiro não ir.

O homem tornou a falar, a princípio com bons modos, eloquente, depois furioso. Disse, afinal, com voz baixa e irritada, algo que Poliana não entendeu. No momento seguinte ele deu meia volta e foi embora. A moça olhou-o tensamente, até perdê-lo de vista. Depois, aliviada, apertou com a mão trêmula o braço de Poliana. E disse:

— Obrigada, menina. Devo-lhe muito mais do que imagina. Adeus!

— Mas você não pode ir embora! — lamentou Poliana.

A garota suspirou cansada.

— Tenho de ir. Ele pode voltar e, quem sabe, da próxima vez, posso não resistir. — A moça deu outro suspiro, levantou-se e disse, depois de certa hesitação: — Você entende... ele é do tipo que nota demais... e que seria melhor não notar... não me notar!

— Que moça engraçada! — murmurou Poliana, olhando para a moça que se afastava. — Bem, é muito simpática, mas também muito diferente — comentou, levantando-se e saiu preguiçosamente pelo caminho.

Mais duas vezes, depois de curtos intervalos,
ela percorreu o caminho fascinante.

Capítulo VI

Jerry resgata Poliana

Não demorou muito para que Poliana chegasse à beira do jardim em uma esquina onde duas ruas se cruzavam. Era uma esquina muito interessante, com automóveis apressados, carruagens e pedestres. Uma enorme garrafa vermelha na vitrine de uma drogaria chamou sua atenção, e da rua abaixo veio o som de um realejo. Hesitando apenas por um momento, Poliana atravessou a esquina e desceu a rua em direção à música fascinante

Poliana ficou muito interessada. Nas vitrines estavam objetos maravilhosos, e ao redor do realejo, ela encontrou uma dúzia de crianças dançando, coisa fascinante de se assistir. Esse passatempo levou Poliana a seguir o realejo por certa distância, só para ver aquelas crianças dançarem. Em seguida, ela se viu em uma esquina tão movimentada que havia um homem muito grande usando um casaco azul com cinto, ajudando as pessoas a atravessarem a rua. Por um minuto ela o observou em silêncio, então um pouco timidamente, ela começou a atravessar. Foi uma experiência maravilhosa. O grande homem de casaco azul a viu e prontamente acenou para ela. Ele até caminhou para encontrá-la. Então, ela atravessou ilesa a larga avenida até o meio-fio. Deu-lhe uma sensação deliciosa, tão deliciosa que, depois de um minuto, ela voltou. Mais duas vezes, depois de curtos intervalos, ela percorreu o caminho fascinante, tão magicamente aberto pelo aceno do grande homem. Mas na última vez que seu condutor a deixou no meio-fio, ele fez uma careta intrigada e perguntou:

— Escute aqui, mocinha. Não foi você que atravessou a avenida faz um minuto? E que já tinha feito o mesmo antes?

— Foi, sim, senhor. Já atravessei quatro vezes.

— É mesmo? — O policial começou a vociferar, mas Poliana ainda falava.

— E a cada vez, gosto mais! — continuou Poliana.

— Ah, é assim? — murmurou o grande homem, sem jeito. Em seguida, com um pouco mais de coragem, ele gaguejou:

— Para que você acha que eu estou aqui – apenas para te carregar para frente e para trás?

— Ora, é claro que o senhor não está aqui por minha causa! — protestou Poliana. — Tem essa gente toda aí. Sei que o senhor é um policial. Nós temos um de vocês onde moro na casa da Sra. Carew, só que ele é do tipo que só anda na calçada, sabe? O senhor sabe, não é? Pensei que vocês fossem soldados, com esses botões dourados e os bonés azuis, mas agora estou melhor informada. Acho que são uma espécie de soldado, porque são corajosos, ajudando as pessoas a atravessar a rua no meio dessa confusão toda.

— Bem... bem... — balbuciou o policial, sem jeito, corando como um colegial, jogando a cabeça para trás com uma gargalhada — Como se... — Mas interrompeu a frase enquanto levantava a mão.

Logo depois, escoltava uma velhinha claramente assustada. Se agora estufava um pouco mais o peito devia ser apenas para impressionar a menina, que permanecia onde ele a havia deixado. Momentos depois, com um aceno arrogante e permissivo de sua mão em direção aos motoristas, ele caminhou de volta para Poliana.

— Esplêndido! — ela o cumprimentou, com olhos brilhantes. — Eu amo ver o senhor trabalhando. Parece um dos filhos de Israel atravessando o Mar Vermelho, não é? O senhor impede as ondas para que as pessoas possam atravessar. E como deve ficar alegre fazendo isso! Eu pensava que ser médico fosse o trabalho mais alegre do mundo, mas agora estou vendo que, afinal, ser policial é melhor ainda, pois ele ajuda as pessoas que têm medo.

Com uma risadinha, envergonhado, o homem grande de casaco azul estava de volta no meio da rua, e Poliana estava sozinha no meio-fio. Por algum tempo, a menina contemplou o fascinante "Mar Vermelho" e, em seguida, com um olhar arrependido, ela se virou. "Acho melhor voltar para casa", pensou. "Já deve estar quase na hora do jantar." E tentou encontrar o caminho de volta.

Depois de hesitar em vários cantos e, sem querer, dar duas voltas em falso, Poliana pôde compreender que "voltar para casa" não era tão fácil como pensava que fosse. E somente quando chegou diante de um prédio que tinha certeza de jamais ter visto antes foi que compreendeu plenamente que estava perdida.

Ela estava em uma rua estreita, suja e mal pavimentada. Blocos de cortiço sujos e algumas lojas pouco atraentes estavam em ambos os lados. Por toda parte havia homens e mulheres tagarelando, mas Poliana não entendia uma só palavra do que diziam. Notava que todos a olhavam, desconfiados, como se soubessem que ela não era dali. Pediu por diversas vezes que lhe indicassem o caminho, mas em vão. Ninguém sabia onde morava a senhora Carew. E das duas últimas vezes, as pessoas responderam com uma mistura de palavras que, depois de refletir algum tempo, Poliana concluiu que devia tratar-se de holandês, a língua dos Haggermanns, a única família estrangeira em Beldingsville.

Sem parar, foi descendo uma rua e subindo outra. Estava com fome e exausta. Os pés lhe doíam, e nos olhos ardiam as lágrimas que tentava conter. O pior é que já estava escurecendo. "De qualquer maneira, vou ficar alegre por me encontrar perdida, já que vai ser muito bom quando encontrar o caminho e isso vai me fazer feliz" — pensou.

Foi em uma esquina barulhenta onde duas ruas mais largas se cruzavam que Poliana finalmente parou, desanimada. Dessa vez, não pôde conter as lágrimas e, como não tinha lenço, enxugou-as com as costas das mãos.

— Olá, menina! Por que está chorando? — perguntou uma voz alegre. — Que é que há com você?

Aliviada, Poliana se viu diante de um garoto carregando um maço de jornais debaixo do braço.

— Que bom encontrar você! — exclamou ela. — Estava querendo tanto ver alguém que não falasse holandês!

— Que holandês, nada! — O garoto sorriu.

— Bem, inglês é que não era. — Poliana franziu levemente a testa. — E não souberam responder às minhas perguntas. Talvez você possa me ajudar. Sabe onde mora a Sra. Carew?

— Não sei, não! Pode me revistar.

— O quê? — perguntou Poliana, sem entender.

O menino sorriu novamente. — Acho que não conheço essa senhora.

— Será que alguém aqui sabe? — implorou Poliana. — Saí de casa para passear e me perdi. Já andei muito e não consigo encontrar a casa. Está na hora do jantar e ficando escuro. Preciso encontrar a casa.

— É mesmo? Isso me preocupa!

— Acho que a senhora Carew deve estar preocupada.

— Escute aqui — disse o jornaleiro. — Sabe ao menos o nome da rua onde ela mora?

— Não, só que é uma espécie de avenida — respondeu desanimada Poliana.

— Avenida? Bem, já melhorou. Sabe o número da casa? Tente se lembrar.

Poliana, desorientada, não respondeu.

— Quer dizer que você não sabe nem o número da casa onde mora? Você não é tão idiota assim. — admirou-se o garoto.

— Só me lembro que tem um sete — respondeu Poliana, com um ar levemente esperançoso.

— Essa é boa! Sabe que tem um sete... e quer que eu reconheça a casa!

— Se eu pudesse vê-la, ia reconhecer logo — disse Poliana, esperançosa. — E acho que ia reconhecer a rua também, por causa do jardinzinho que há no meio dela.

Dessa vez foi o menino quem fez uma careta intrigada:

— Uma rua com um jardinzinho no meio?

— Sim, com árvores e grama, um caminho no meio e bancos...

— Já sei! — quase gritou o jornaleiro. — Você mora na avenida Commonwealth. Sabe o caminho, não?

— Não sei. Você sabe?

— Claro. Eu levo você até lá. Mas espere aqui, até que eu acabe de vender esses jornais todos.

— Quer dizer que você me leva para casa? — perguntou Poliana, ainda sem entender muito bem.

— Claro! É muito fácil, se você reconhecer a casa.

— Conheço a casa, ora! — exclamou Poliana. — Mas eu não sei se é uma coisa fácil.

O menino sumiu no meio da multidão. Logo depois, Poliana ouviu os seus gritos:

— Jornais! Herald! Globe! Quer um jornal, senhor?

Com um suspiro de alívio, Poliana recuou para uma porta e esperou. Estava cansada, mas contente: apesar de todos os contratempos que enfrentara, ela tinha confiança de que ele poderia levá-la para casa. "Ele é legal, e eu gosto dele" — pensou—, acompanhando a figura alerta e ágil do menino na multidão. "Mas ele fala engraçado palavras em inglês, mas algumas delas não parecem fazer nenhum sentido com o resto do que ele diz."

O menino logo voltou, com as mãos vazias e dizendo:

— Vamos, menina. Todos a bordo! — ele chamou alegremente.

Os dois caminharam em silêncio a maior parte do tempo. Pela primeira vez na vida, Poliana se sentia cansada demais para falar e o menino procurava seguir o caminho mais curto. Quando chegaram ao Jardim Público, Poliana exclamou:

— Conheço este lugar! Passei uma tarde muito agradável aqui, hoje. Minha casa fica bem pertinho. Agora, eu sei.

— Essa é a coisa! Agora estamos chegando lá !— exclamou o menino. — O que eu disse a você? Nós vamos apenas cortar aqui para a Avenida, e então você encontrará a casa.

— Eu sei qual é a casa! — afirmou Poliana, com toda a confiança de quem alcançou terreno familiar.

Já estava bem escuro quando Poliana subiu a escada da casa. O jornaleiro tocou a campainha, a porta se abriu e Poliana se viu diante de Mary, Ruth Carew, Bridget e Jennie. Todas as quatro mulheres tinham o rosto branco e os olhos ansiosos.

— Onde é que você estava, menina? — perguntou Ruth.

— Só fui dar um passeio e me perdi — começou a explicar a menina. — E este garoto...

— Onde foi que a encontrou? — perguntou Ruth, dirigindo-se ao jornaleiro que, impressionado, olhava para o salão, todo iluminado. — Onde foi que você a encontrou?

Por um breve instante, o menino encarou Ruth e, depois, seus olhos pareceram piscar. Respondeu, seriamente:

— Encontrei a menina na praça Bowdoin, acho que ela vinha da Zona Norte, pois me disse que não conseguia entender a linguagem das pessoas. Então, tive de trazê-la até aqui, madame.

— Esta menina sozinha na Zona Norte! — estremeceu a Sra. Carew.

— Não estava sozinha — disse Poliana. — Havia muita gente.

Mas o menino, com um sorriso travesso, estava desaparecendo pela porta.

Na meia hora seguinte, Poliana aprendeu muita coisa. Aprendeu que meninas bem-educadas não fazem caminhadas sozinhas em lugares desconhecidos, nem se sentam em bancos de jardins para conversar com estranhos. Ficou sabendo também que tinha sido "praticamente um milagre" que pôde voltar para casa naquela noite, que escapara de muitas consequências desagradáveis, que Boston não era Beldingsville e que não podia, nunca mais, se esquecer disso.

— Mas, senhora Carew — ela finalmente argumentou —, estou aqui e nada aconteceu comigo. Acho que devia estar muito alegre por isso, em vez de ficar pensando coisas tristes que poderiam ter ocorrido.

— Está bem, Poliana, suponho que sim... suponho que sim — suspirou a Sra. Carew. — Mas você me deu tanto susto, e eu quero que você tenha certeza absoluta, de que não fará isso de novo. Agora venha, querida, você deve estar com fome.

Foi quando ela estava adormecendo naquela noite que Poliana murmurou sonolenta para si mesma:

— O que eu mais lamento é que eu não perguntei àquele menino o nome dele, nem onde ele morava. Agora eu nunca posso dizer obrigada para ele!

Capítulo VII

Um novo conhecido

As saídas de Poliana eram cuidadosamente vigiadas depois de sua caminhada aventureira; e, exceto para ir à escola, ela não tinha permissão para sair de casa, a menos que Mary ou a própria Sra. Carew a acompanhassem. Para a menina, no entanto, isso não era um problema, pois ela amava tanto a Sra. Carew como Mary. E as duas mostravam boa vontade. Até a Sra. Carew, aterrorizada com o que poderia ter acontecido e aliviada por não ter acontecido, esforçou-se para entreter a menina.

Assim, em companhia de Ruth, Poliana foi a concertos e matinês, visitou a Biblioteca Pública e o Museu de Belas Artes. E, acompanhada de Mary, fez muitos passeios "para conhecer Boston" e visitou o Palácio do Congresso e a Velha Igreja do Sul.

Por mais que gostasse do automóvel, Poliana preferia os bondes, como, surpreendida, Sra. Carew descobriu certa vez.

— Vamos de bonde? — perguntou Poliana.

— Não. Perkins vai nos levar — respondeu Sra. Carew que notando a inconfundível decepção no rosto de Poliana, acrescentou, surpresa:

— Ora, eu pensei que você gostasse do automóvel!

— Gosto — respondeu Poliana. — Só não disse porque, naturalmente, é mais barato do que o bonde...

— Mais barato que o bonde?! — espantou-se Sra. Carew.

— E não é? O bonde custa cinco centavos por pessoa, e o carro não custa nada, pois é seu. É claro que gosto muito de andar de carro — acrescentou, antes que a Sra. Carew pudesse falar. — Só que no bonde tem muita gente, e é divertido olhar para as pessoas. A senhora não acha?

— Bem, Poliana, não posso dizer que sim— respondeu a Sra. Carew, secamente, quando ela se virou.

Por acaso, nem dois dias depois, a sra. Carew ouviu algo mais sobre Poliana e bondes — desta vez, de Mary.

— É estranho, senhora — disse a criada em resposta a uma pergunta da patroa. — A Srta Poliana atrai a atenção de todos e sem nem mesmo fazer esforço. Acho que é só porque ela é tão feliz, eu acho, isso é tudo. Eu a vi entrar em um bonde que estava cheio de homens e mulheres zangados, e crianças choramingando, e em cinco minutos você não conheceria o lugar. Os homens e mulheres pararam de fazer cara feia, e as crianças esqueceram por que estavam chorando. Às vezes é alguma coisa que a menina me diz e eles ouvem. Ou o modo como ela agradece a alguém que insiste em lhe ceder o lugar... e estão sempre fazendo isso, quer dizer, agora... nos cedendo o lugar. Ou então quando ela sorri para uma criança ou para um cachorro. Os cães abanam o rabo para ela, e as crianças lhe sorriem e procuram se aproximar dela. E é assim que é tudo. Não se pode ficar mal-humorado, com a senhorita Poliana, mesmo um bonde cheio de pessoas que não a conhecem.

— É... muito estranho... — murmurou Ruth, virando-se.

Naquele ano, o mês de outubro foi particularmente quente, e à medida que os dias dourados iam e vinham, ficou evidente que era preciso muito tempo e paciência para satisfazer a necessidade que Poliana tinha de passear, para apreciar o bom tempo. Se Ruth Carew dispunha de todas as horas que quisesse, faltava-lhe paciência, e não permitia que Mary passasse todo o seu tempo acompanhando a menina e satisfazendo seus caprichos e fantasias.

Seria impossível manter Poliana em casa, durante aquelas gloriosas tardes de outubro. Assim, em pouco tempo, ela se viu de novo, e sozinha, no Jardim Público de Boston. Aparentemente, estava livre, mas na realidade ela estava cercada por um alto muro de regulamentos: não devia conversar com estranhos, nem brincar com crianças desconhecidas e, em hipótese alguma, sair do parque, a não ser para voltar para casa. Mary, que a levara ao Jardim Público, certificara-se de que ela conhecia bem o caminho de casa, que começava exatamente no cruzamento da avenida Commonwealth com a rua Arlington. E ela tinha de voltar para casa assim que o relógio da torre da igreja marcasse quatro e meia da tarde.

Poliana foi muitas vezes ao Jardim depois disso. De vez em quando, com colegas de escola, mas, a maior parte das vezes, sozinha. Apesar de algumas restrições, divertia-se bastante. Observava as pessoas, ainda que não lhes dirigisse a palavra, mas podia conversar com os esquilos, os pombos e os pardais, que surgiam em bandos para receber nozes e grãos de milho que ela logo aprendeu a levar para eles toda vez que ia. Poliana muitas vezes procurava os velhos amigos do primeiro dia: o homem que ficara feliz por ter olhos, braços e pernas, e a moça que não quisera acompanhar o rapaz bonito. Nunca mais os viu. Com frequência, via o menino na cadeira de rodas e tinha vontade de conversar com ele. O menino também alimentava pássaros e esquilos — e os pombos chegavam a pousar em sua cabeça e ombros, enquanto os esquilos vasculhavam seus bolsos em busca de nozes. Mas Poliana sempre observava uma circunstância estranha: apesar do prazer muito evidente do menino em servir seu banquete, seu suprimento de comida sempre acabava quase de uma vez; e embora ele invariavelmente parecesse tão desapontado quanto o esquilo, no entanto, não tratava de remediar a situação — levando mais alimento no dia seguinte. Para Poliana, isso não passava de descuido.

Quando não estava brincando com os pássaros e esquilos, o menino ficava lendo, sempre. Em sua cadeira de rodas havia sempre dois ou três livros, gastos, e uma ou duas revistas. Ele estava sempre no mesmo lugar, e Poliana ficou intrigada e queria saber como ele chegava até lá. Então, num dia inesquecível, descobriu. Era feriado escolar e ela foi mais cedo para o Parque. Logo depois que chegou, viu o menino sendo empurrado na cadeira de rodas por outro menino de nariz arrebitado e cabelos cor de areia. Ao ver o rosto do outro menino, Poliana soltou um grito de alegria e foi ao seu encontro:

Em sua cadeira de rodas havia sempre dois ou três livros, gastos, e uma ou duas revistas.

— É você?! Eu o conheço, embora não saiba o seu nome! Você me encontrou, lembra-se? Estou muito contente de encontrá-lo de novo. Queria tanto lhe agradecer!

— É a menina da avenida que se perdeu! — exclamou o rapazinho. — E então? Está perdida de novamente?

— Nunca mais vou me perder, pois não posso me afastar daqui. Também não devo falar com estranhos. Com você eu posso, é meu conhecido. E posso falar com ele também, se você me apresentar — acrescentou, olhando para o menino na cadeira de rodas, que sorria.

— Está ouvindo? — perguntou, dando um tapinha no ombro do garoto. — Ela está querendo ser apresentada a você. Madame — e assumiu uma atitude pomposa —, este aqui é meu amigo, Sir James, lorde do beco Murphy...

— Deixe de bobagem, Jerry! — interrompeu-o o menino irritado. Então, para Poliana, ele virou com um rosto brilhante: — Já a vi aqui muitas vezes antes. Fico olhando quando você dá comida aos pombos e aos esquilos! Acho que você também gosta mais de Sir Lancelote. Claro que há Lady Rowena, também, mas ontem ela não foi muito amável com Guinevere, tomando-lhe o jantar. Não acha?

Poliana piscou e franziu a testa, olhando para um e para o outro, sem entender. Jerry deu uma risada e, depois, com um impulso mais forte na cadeira de rodas para colocá-la em sua posição habitual, preparou-se para se afastar, deixando o amigo. Antes, olhou para Poliana e disse:

— Pode ficar sossegada. Meu amigo não está bêbado nem é doido. Esses são os nomes que ele dá a seus amiguinhos — explicou, apontando os bichos que se aproximavam de todos os lados. — E nem ao menos são nomes de gente, mas tirados dos livros que vive lendo. Sabe de uma coisa? Ele prefere passar fome a deixar de dar comida aos bichinhos. Não é incrível? — Até logo!

Poliana continuava imóvel, apenas piscando os olhos. Então, o menino lhe disse, sorrindo:

— Não ligue para o Jerry... ele é assim mesmo, gosta de brincar com as pessoas. Ele a conhece? Como você se chama?

— Meu nome é Poliana Whittier. Eu me perdi, e ele me encontrou e me levou para casa. — A menina parecia ainda atrapalhada.

— Jerry é muito prestativo. É ele quem me traz para o Jardim todos os dias.

— Você não pode andar, mesmo, Sir James? — E uma expressão de simpatia desenhou-se no rosto de Poliana.

— Sir James?! — O menino riu muito. — Isso é apenas mais uma bobagem! Não sou Sir coisa nenhuma!

— Não? — Poliana ficou desapontada. — Nem lorde, como ele disse?

— Claro que não.

— Pensei que você fosse como o pequeno lorde Fauntleroy, sabe? — explicou Poliana. — E...

— Conhece o pequeno lorde Fauntleroy? — interrompeu o menino, interessado. — E conhece Sir Lancelote, o Santo Graal, o rei Artur e a Távola Redonda, Lady Rowena, e Ivanhoé e todos?

Poliana sacudiu a cabeça em dúvida.

— Bem... — ela não demonstrava o mesmo entusiasmo. — Acho que não conheço todos eles. Estão todos nos livros?

— Estão, sim. Eu tenho alguns aqui. Gosto de ler e reler esses livros... A gente sempre descobre uma novidade. Além do mais, são os meus únicos livros, e foram de meu pai. Ei, espertinho, largue isto! — repreendeu, risonho, um esquilo que pulara em seu colo e enfiara o focinho em seu bolso. — Acho melhor dar logo o jantar deles, senão acabam comendo a gente! — brincou. — Este é Sir Lancelote, sempre o primeiro a aparecer.

De algum lugar o menino tirou uma pequena caixa de papelão que abriu cautelosamente, atento aos incontáveis olhinhos brilhantes que observavam cada movimento. Ao redor dele agora soava o zumbido e o bater de asas, o arrulhar das pombas, o gorjeio atrevido dos pardais. Sir Lancelote, alerta e ansioso, ocupava um dos braços da cadeira de rodas. Outro sujeitinho de rabo espesso, menos aventureiro, apoiava-se nas patas traseiras, a um metro de distância. Um terceiro tagarelava ruidosamente em um galho de árvore próximo. O menino tirou da caixa algumas nozes, um pãozinho e uma rosquinha e, com um brilho nos olhos, perguntou a Poliana:

— Trouxe alguma coisa?

— Muita coisa — respondeu a menina, mostrando o saco de papel que levara.

— Bem, nesse caso, acho que hoje vou comer o biscoito — disse o menino, colocando a rosquinha de volta na caixa com um ar de alívio.

Sem entender o significado desse gesto, Poliana enfiou a mão na sacola e o banquete começou. Para ela foi, de certo modo, a hora mais maravilhosa que já passara — encontrara alguém que falava mais depressa e por mais tempo do que ela mesma. Aquele estranho jovem tinha um fundo inesgotável de histórias maravilhosas de bravos cavaleiros e belas damas, de torneios e batalhas. E fazia descrições tão detalhadas que Poliana tinha a impressão de estar vendo as façanhas, os cavaleiros cobertos de armadura e as damas com seus vestidos enfeitados de pedras preciosas — embora, na verdade, estivesse olhando para um bando de pombas esvoaçantes, pardais e um grupo de esquilos saltitantes em uma vasta extensão de grama iluminada pelo sol.

As senhoras da Sociedade Feminina de Ajuda foram esquecidas. Nem mesmo o jogo do contente foi lembrado. Com as faces coradas e os olhos brilhando, Poliana andava pelos tempos antigos, pela idade de ouro, levada por um rapazinho sonhador — embora ela não soubesse compensar com uma rápida hora de companheirismo agradável os terríveis e incontáveis dias de solidão e saudade.

Somente quando chegou a hora fixada pela senhora Carew é que ela voltou apressadamente para casa. Então, Poliana se lembrou de que nem ao menos ficara sabendo o nome do menino.

"Só sei que não é Sir James", pensou franzindo a testa. "Mas não importa. Posso perguntar a ele amanhã."

Capítulo VIII

Jamie

Poliana não viu o menino da cadeira de rodas no dia seguinte. Chovia, e ela não foi ao Jardim Público. Choveu no dia seguinte também e, no terceiro, também não o viu, pois, embora o sol tivesse voltado a brilhar e ela tivesse ido para o Jardim logo no começo da tarde, ele não apareceu. No quarto dia, porém, estava ele no lugar de costume e Poliana apressou-se com uma alegre saudação:

— Estou feliz por ver você! Por que não veio ontem?

— Não pude —disse o rapaz, que parecia muito branco. — A dor não me deixou sair ontem.

— Sente alguma dor?

— Sim, como sempre — disse o menino, naturalmente. — Em geral, posso suportar a dor e venho aqui. Só não venho quando fica muito ruim, igual a ontem. Então eu não posso.

— E como você pode suportar a dor... sempre? — Poliana engasgou.

— Ora, eu preciso—respondeu o menino, abrindo um pouco mais os olhos. — As coisas que são assim são assim, e não podem ser de outra maneira Além disso, quanto mais forte é a dor num dia, mais a gente sente a melhora no dia seguinte.

— Já sei! — exclamou Poliana. — É como o jogo — começou Poliana, mas o menino a interrompeu.

— Você trouxe alguma coisa desta vez? — ele perguntou, aflito. — Hoje não trouxe nada. Jerry não pôde economizar nem um centavo esta manhã, e na caixa não havia comida nem mesmo para mim.

— Quer dizer que você não tem o que comer no almoço? — Poliana arregalou os olhos chocada.

— Não — disse o menino, sorrindo. — Mas não se preocupe. Não é a primeira vez e nem vai ser a última. Estou acostumado com isso. Lá vem Sir Lancelote.

Só que Poliana não estava preocupada com os esquilos.

— Não havia mais comida em sua casa?

— Por lá nunca sobra comida. — O menino deu uma risada. — Você sabe: Mumsey faz faxina, de modo que come onde trabalha, e Jerry arranja qualquer coisa onde pode, a não ser de manhã e à noite. Então, come conosco... quando temos alguma coisa para comer.

Poliana parecia ainda mais chocada e perguntou:

— Mas o que é que vocês fazem quando não têm o que comer?

— Ora, ficamos com fome, é claro!

— Nunca ouvi falar de alguém que não tivesse nada para comer — disse Poliana, com voz alterada. — Eu e meu pai éramos pobres e tínhamos de nos contentar com feijão e bolo de peixe, quando o que queríamos era comer peru. Mas sempre tínhamos alguma coisa. Por que então vocês não falam com os outros, com essa gente que mora nessas casas?

— Para quê?

— Ora, eles te dariam alguma coisa, é claro!

— Ora, menina! — O menino deu uma risada estranha. — Ninguém que eu conheça dá rosbife e bolos gelados para quem pede. E se a gente não passar fome de vez em quando, não pode avaliar como pão com leite é gostoso. E não pode anotar isso em seu Livro da Alegria.

— Livro de quê?

— Nada! — exclamou o menino, agora sorrindo envergonhado.

— Você falou em Livro da Alegria! — suplicou a menina. — Quer me explicar o que é? Tem muitos cavaleiros e damas?

— Não — respondeu o menino, de cujos olhos tinha sumido a alegria. — Antes tivesse! Quando a gente não pode sequer andar, não consegue travar batalhas e conquistar troféus, e nunca vai receber sua espada e o galardão das mãos de uma linda dama...

Seu queixo se ergueu como se respondesse a um toque de corneta. Então, de repente, o fogo se apagou, e o menino voltou à sua antiga indiferença.

— Você simplesmente não pode fazer nada — disse, cansado. — Tem de ficar sentado, pensando. Às vezes, o pensamento pode fazer a gente sofrer. O meu faz. Sempre tive vontade de aprender muitas coisas na escola, mais coisas do que Mumsey pode me ensinar. Fico pensando nisso. Queria correr e jogar bola com os outros meninos. E penso nisso. Queria vender jornais como Jerry. E penso nisso. Não queria depender dos outros a vida toda. E penso nisso.

— Eu sei, eu sei! — disse Poliana. — Eu também fiquei sem poder andar durante algum tempo.

— Então você sabe. Só que você pôde caminhar de novo.

— Você ainda não me falou do Livro da Alegria — lembrou Poliana depois de um minuto.

— Não é nada de interessante, a não ser para mim — disse o rapazinho. — Você não iria se interessar. Comecei faz um ano. Sentia-me mais desanimado do que nunca, naquele dia. Nada dava certo. Fiquei com os meus pensamentos e, depois, apanhei um dos livros de meu pai, tentando me distrair. A primeira coisa que vi foram estes versos, que decorei e posso repetir agora:

Os prazeres são mais densos onde não parecem prazeres,

Não há uma folha que caia no chão,

Que não contenha alguma alegria, de silêncio ou de som.[1]

E o menino continuou:

— Bem, eu estava louco. Eu gostaria de poder colocar o cara que escreveu isso no meu lugar, e ver que tipo de alegria ele encontraria em minhas "folhas". Eu decidi provar que ele não sabia do que estava falando. Comecei

---

1 *Versos de Samuel Laman Blanchar, escritor e jornalista britânico.*

a procurar que alegrias eu tinha na vida. Peguei um caderninho que ganhei de Jerry e comecei a anotá-las. Escrevia tudo o que acontecia comigo de bom. E então verifiquei quantas "alegrias" eu tinha.

— Sim! — exclamou Poliana, absorta —, enquanto o menino parava para respirar.

— Não esperava que fossem tantas alegrias, mas, sabe de uma coisa? A primeira foi o próprio caderno que eu tinha ganhado. Depois, alguém me deu um vaso com uma flor e Jerry achou na rua um livro muito divertido. Passei a achar agradável procurar e anotar. Às vezes eram coisas bem curiosas. Até que um dia Jerry descobriu o caderno e leu tudo o que eu havia escrito. Aí, pôs nele o nome de Livro da Alegria. E isso é tudo.

— Ora, esse é o jogo! — exclamou Poliana. Você está jogando o jogo do contente, sem saber. E jogando melhor do que eu! Eu não ia conseguir jogá-lo se não tivesse comida suficiente e não pudesse nunca mais andar.

— Jogo? Que jogo? — perguntou o menino, intrigado. — Não conheço o tal jogo.

— Bem, você não sabe, mesmo. É por isso que estou admirada.

Vou lhe contar como é o jogo.

E contou, como já havia feito antes, tantas vezes.

— Que interessante! suspirou o menino, quando ela terminou. — Agora, o que você acha disso!?

— Bem, você está aqui jogando o meu jogo melhor do que qualquer pessoa, e ainda não sei como se chama. Quero saber tudo.

— Ora! Não há muito para saber. Além disso, lá estão o pobre Sir Lancelote e os outros à espera do jantar.

— É mesmo — disse Poliana, olhando para os bichos. Então, ela imprudentemente virou sua bolsa de cabeça para baixo e espalhou seus suprimentos aos quatro ventos. — Agora — continuou — eles já estão comendo e podemos conversar novamente. Em primeiro lugar, como se chama? Há muita coisa que preciso saber e podemos conversar. Sei que não se chama Sir James.

— Claro que não — o menino sorriu. — Mas é como o Jerry me chama, sempre. Mumsey e os outros me chamam de Jamie.

— Jamie? — Poliana prendeu a respiração e a manteve suspensa, um clarão de esperança brilhando nos olhos, logo seguindo-se a dúvida: — Mumsey quer dizer mãe?

— Isso mesmo.

Poliana relaxou visivelmente. Se Jamie tinha mãe não podia, evidentemente, ser o Jamie da senhora Carew, cuja mãe falecera há muito. De qualquer modo, ele era muito interessante.

— Onde você mora? — Há alguém mais em sua família, além de sua mãe e de Jerry? Vem aqui todos os dias? Cadê o Livro da Alegria? Posso vê-lo? Os médicos acham que você vai poder andar de novo? Onde foi que arranjou essa cadeira de rodas?

O menino riu.

— Quantas perguntas quer que eu responda ao mesmo tempo? Vou começar pela última e depois respondo às outras. Arranjei a cadeira há um ano. Jerry conhecia um daqueles caras que escreve para jornais e ele fez um apelo pelo jornal, dizendo que eu não podia andar e mais outras coisas... como o Livro da Alegria etc. O fato é que, quando eu menos esperava, apareceram umas pessoas empurrando esta cadeira de rodas e dizendo que era para mim. Tinham lido a notícia e traziam aquilo como presente.

— Você deve ter ficado muito feliz!

— Se fiquei?! Gastei uma página inteira do Livro da Alegria escrevendo sobre o episódio da cadeira.

— Nunca mais você vai poder andar? — Poliana tinha os olhos marejados.

— Acho que não. É o que dizem.

— Ora, foi o que me disseram também, mas depois me mandaram para o doutor Ames. Fiquei lá quase um ano e ele me fez caminhar novamente. Talvez ele possa ajudar você.

O garoto balançou a cabeça.

— Não pode — respondeu o menino. — Não posso me tratar com ele, deve ser muito caro. Não faz mal, tento não pensar nisso. Sabe como é — quando a gente começa a pensar.

— Eu sei, é claro — disse Poliana. — Já falei que você joga melhor do que eu o jogo do contente. Vamos adiante. Você ainda não me disse metade do que perguntei. Onde é que mora? Tem outros irmãos, ou somente Jerry?

Uma mudança rápida veio ao rosto do menino. Seus olhos brilharam.

— Ele não é, realmente, meu irmão, nem meu parente. Mumsey também não é minha mãe. Mas você não imagina como têm sido bons para mim!

— O quê? Então aquela Mumsey não é sua mãe?

— Não, e o que...

— Você não se lembra de sua mãe? — interrompeu Poliana, cada vez mais curiosa.

— Não, não me lembro dela. Meu pai morreu há seis anos.

— Quantos anos você tinha?

— Não sei, era pequeno. Mumsey acha que eu devia ter uns seis anos. Foi então que eles ficaram comigo.

— E você se chama Jamie? — Poliana conteve a respiração.

— Isso mesmo. Já lhe disse.

— Como é o seu sobrenome? — perguntou a mocinha, tensa.

— Não sei.

— Como não sabe?!

— Não me lembro, eu era muito pequeno. Nem os Murphy sabem. Só sabem que me chamo Jamie.

Uma expressão de desapontamento estampou o rosto de Poliana, mas uma ideia lhe veio de repente e ela disse:

— Se você não sabe qual é o seu sobrenome, não pode saber, então, que não é Kent!

— Kent? — perguntou o rapazinho, intrigado.

— Bem — continuou Poliana, empolgada. — Há um menino chamado Jamie Kent que...

Ela parou abruptamente e mordeu o lábio. Ocorreu a Poliana que seria mais prudente não deixar esse menino saber, ainda, de sua esperança de que ele pudesse ser o Jamie perdido. Seria melhor que ela se certificasse disso antes de criar qualquer expectativa, caso contrário ela poderia estar lhe trazendo mais tristeza do que alegria. Ela não tinha esquecido como Jimmy Bean ficou desapontado quando ela foi obrigada a dizer a ele que o Auxílio das Senhoras não o queria, e novamente quando a princípio o Sr. Pendleton também não o queria. Ela decidiu que não cometeria o mesmo erro uma terceira vez; então prontamente ela assumiu um ar de indiferença sobre este assunto e disse:

— Mas não se preocupe com Jamie Kent. Estou interessada em você.

— Não tenho muito o que contar, nada que valha a pena. Dizem que meu pai era esquisito e não gostava de conversar. Nem ao menos sabiam o seu nome. Todos o chamavam de "O Professor". Mumsey me disse que eu e ele morávamos num quartinho dos fundos de uma casa onde ela também residia. Ela era pobre, mas não tão pobre como é agora. Naquele tempo, o pai de Jerry ainda era vivo e tinha um emprego.

— Continue! — incitou Poliana.

— Mumsey disse que meu pai era doente e ia ficando cada vez mais esquisito. Por isso, ela me levava para ficar lá embaixo com sua família. Nessa época eu ainda podia andar, mas já tinha as pernas fracas. Ficava brincando com Jerry e com sua irmãzinha que morreu. Quando perdi meu pai, não havia ninguém para ficar comigo, e quiseram me levar para um orfanato. Mumsey disse que eu não aceitei isso, e Jerry também, então eles disseram que me manteriam. A menina tinha acabado de morrer, e disseram que eu poderia tomar o lugar dela. O pai de Jerry tinha morrido e, apesar de tudo, ficaram comigo. Diga-me: existe gente melhor do que eles?

— São muito bons, mesmo — concordou Poliana. — Tenho certeza de que serão recompensados!

Poliana estava radiante, certa de haver encontrado o Jamie perdido. Ela tinha certeza disso. Só que ainda não podia falar. Antes, Sra. Carew precisava vê-lo. Depois, então, nem mesmo a imaginação de Poliana seria capaz de prever a emoção da senhora Carew se encontrasse Jamie. Pôs-se de pé, sem se preocupar com Sir Lancelote, que estava em seu colo, à espera de ganhar mais algumas nozes.

— Agora tenho de ir — disse. — Amanhã estarei aqui novamente. Talvez traga comigo uma senhora que você vai gostar de conhecer. Você vem amanhã, não é mesmo?

— Se o tempo estiver bom, venho. Jerry me traz aqui todas as manhãs. Eles se arranjam como podem e eu trago o almoço e fico até às quatro. Jerry é muito bom para mim!

— Eu sei! — assentiu Poliana. — Talvez um dia você possa ser bom para ele também.

E com um sorriso radiante, ela se foi.

Capítulo IX

Planos e atitudes

No caminho de casa, Poliana fez vários planos alegres.

Amanhã, de uma forma ou de outra, a Sra. Carew deveria ser persuadida a ir com ela passear no Jardim Público. Como isso aconteceria, Poliana não sabia.

Dizer à Sra. Carew claramente que ela havia encontrado Jamie e queria que ela fosse vê-lo estava fora de questão. Havia, é claro, uma pequena chance de que esse não fosse seu Jamie; e se não fosse, e se ela tivesse criado falsas esperanças na Sra. Carew, o resultado poderia ser desastroso. Poliana sabia, pelo que Mary lhe contara, que a Sra. Carew já havia ficado muito doente duas vezes por causa da decepção de seguir pistas que levaram a um menino que não era o filho de sua irmã morta. Então Poliana sabia que não podia contar à Sra. Carew por que queria que ela fosse passear amanhã no Jardim Público. Mas encontraria um jeito, declarou Poliana para si mesma enquanto corria alegremente para casa.

Mais uma vez o destino interveio, sob a forma de uma chuva forte. Bastou Poliana olhar pela janela, na manhã seguinte, para perceber que não poderia ir ao Jardim Público naquela tarde. O pior é que no dia seguinte viu que as nuvens não se haviam dispersado, e ela teve de passar três tardes vagando de janela em janela e perguntando a todos com quem falava:

— Não acha que o céu está clareando um pouco?

Tão incomum era seu comportamento e tão irritantes eram os questionamentos, que finalmente a Sra. Carew perdeu a paciência:

— Pelo amor de Deus, qual é o problema, menina? Nunca a vi tão preocupada com o clima. Que fez do famoso jogo do contente? O que você está querendo?

Poliana corou e pareceu envergonhada:

— Meu Deus, confesso que até me esqueci do jogo. Há algo importante e feliz em tudo, se você procurar o suficiente para encontrar. Posso ficar alegre, sabendo que vai parar de chover. Deus disse que não mandará outro dilúvio. Queria tanto que hoje fosse um dia agradável.

— Por que, especialmente?

— Só queria passear no Jardim Público — disse Poliana, se esforçando para falar despreocupadamente. — Pensei que talvez a senhora gostaria de ir comigo.

Conseguiu, de fato, falar com naturalidade, embora estivesse trêmula de excitação e suspense.

— Eu? Ir ao Jardim Público? Não, obrigada, acho que não vou querer — completou a Sra. Carew, com as sobrancelhas ligeiramente erguidas.

— A senhora não pode recusar! — exclamou Poliann em pânico.

— Já disse que não.

— Por favor, senhora Carew! — a menina ficou pálida. — É tão agradável. Vá comigo, só uma vez!

A Sra. Carew fechou a cara. Ia repetir o "não", mas a expressão de súplica nos olhos de Poliana deve ter mudado as palavras, pois quando vieram foram uma aquiescência relutante:

— Está bem, menina. Faça como quiser. Prometo ir, mas só se você não chegar mais perto da janela e nem me perguntar se o tempo vai melhorar.

— Sim, eu vou, quero dizer, eu não vou — palpitava Poliana.

Foi então que um pálido raio de luz que era quase um raio de sol, veio obliquamente através da janela, ela gritou alegremente:

— Acho que o tempo está melhorando... Viva!

Calou-se e saiu correndo para fora da sala.

Na manhã seguinte, o tempo "clareou". Mas, embora o sol brilhasse forte, havia um frio cortante no ar. Quando Poliana voltou da escola, ventava muito. Apesar dos protestos, porém, insistiu em afirmar que o tempo estava ótimo e que ficaria infeliz se a Sra. Carew não fosse ao Jardim Público com ela. A Sra. Carew, sob protesto, a acompanhou.

Como era de se esperar, foi um passeio infrutífero. A impaciente viúva e a ansiosa mocinha andaram, tremendo de frio, de um recanto para outro. Não tendo encontrado o rapazinho no lugar de costume, Poliana fez uma busca frenética em cada canto e recanto do Jardim. Era absurdo não o encontrar. Afinal, ela viera e conseguira trazer a senhora Carew. Jamie, porém, não era visto em parte alguma e, naturalmente, nada disso poderia ser dito à senhora. Por fim, completamente gelada e exasperada, a sra. Carew insistiu em ir para casa; e finalmente Poliana concordou.

Dias tristes chegaram a Poliana, então. Uma chuva que, para ela, parecia um segundo dilúvio, mas que, de acordo com a Sra. Carew, foi apenas "uma queda usual chuvas", coberta de nuvens pesadas, e que ora assumia a forma de uma chuvinha irritante, ora a de uma verdadeira tempestade. Se, por acaso, ocorria um dia ensolarado, Poliana disparava para o Parque. Mas em vão. Jamie não era encontrado. Novembro ia pela metade e o próprio Jardim mudara de aspecto: as árvores desfolhadas, os bancos quase vazios, e nenhum barco estava no pequeno lago. Os pombos, é verdade, ainda estavam lá, como os pardais e esquilos, mas alimentá-los só causava tristeza — cada movimento de Sir Lancelote fazia lembrar aquele que lhe dera esse nome. E ele não estava ali.

"E pensar que não descobri onde ele morava! — lamentava-se Poliana, enquanto os dias passavam. "Ele é Jamie, eu só sei que ele é Jamie. Vou ter de esperar a volta da primavera, até que o tempo fique quente e ele possa vir aqui de novo. Então, talvez eu não possa vir. Que lástima! Eu sei que ele é Jamie!"

Então, em uma tarde triste, o inesperado aconteceu. Ao passar pelo corredor superior, Poliana ouviu vozes raivosas no corredor abaixo. Uma das vozes era de Mary e a outra... a outra... Essa outra dizia:

— De modo algum! Deixe de ser inconveniente! Quero ver aquela menina, Poliana. Tenho um recado de Sir James para ela. Trate de ir chamá-la!

Poliana desceu a escada, correndo e gritando:

— Estou aqui! Foi Jamie quem mandou você? — Em seu entusiasmo, já estendera os braços para abraçar o mensageiro, no que foi contida por Mary, muito formal.

— Senhorita Poliana, por favor! Não vai me dizer que conhece esse mendigo! — estranhou Mary.

O menino corou de raiva, abriu a boca para responder, mas, antes que ele falasse, Poliana retrucou:

— Ele não é mendigo. Vem da parte de um dos meus melhores amigos. Além disso, foi ele quem me encontrou e me trouxe para casa, quando me perdi! — E, voltando-se para Jerry, perguntou: — Foi Jamie quem o mandou aqui?

— Ele mesmo. Se deu mal há um mês e desde então não se levantou.

— Se deu mal?! - espantou-se Poliana.

— Caiu de cama — explicou Jerry. — Está doente e quer ver você. Você vai?

— Está doente? Que pena! — compadeceu-se Poliana. — É claro que vou. Espere até eu pegar o chapéu e o casaco imediatamente.

— Senhorita Poliana! — protestou Mary em severa desaprovação. — A Sra. Carew não deixaria você ir com um garoto estranho como este.

— Mas ele não é estranho — reagiu Poliana. — Já o conheço há muito tempo, e tenho de ir.

— Que está acontecendo aqui? — perguntou Sra. Carew, aparecendo à porta da sala. — Quem é esse menino, Poliana, e o que faz aqui?

— Vai me deixar ir, não vai, senhora Carew? — indagou Poliana, quase chorando.

— Ir aonde?

— Ela vai ver meu irmão, senhora — disse Jerry, tentando ser educado. — Ele não me deu sossego enquanto não vim procurá-la — acrescentou, apontando para Poliana.

— Posso ir, não posso? — suplicou Poliana.

A Sra. Carew franziu a testa.

— Sair com esse menino? É claro que não, Poliana. Como é que isso pode lhe passar pela cabeça?

— Eu queria que a senhora também fosse! — pediu Poliana.

— Que absurdo, menina. Impossível. Pode dar algum dinheiro ao menino se quiser...

— Obrigado, senhora. Não vim por dinheiro. — Jerry se sentiu ofendido. — Vim atrás dela.

— Ele se chama Jerry, Jerry Murphy, o menino que me encontrou — explicou Poliana. — Não se lembra? Ele me trouxe para casa quando me perdi. E então, me deixa ir?

— Está fora de questão, Poliana — respondeu Ruth Carew.

— Mas ele diz que Ja... digo, que o outro menino está doente e quer me ver.

— Lamento muito.

— E eu o conheço muito bem, Sra. Carew ele não pode andar, e ele não tem o suficiente para comer, por muitos dias, disse Poliana—; e ele está jogando o meu jogo do contente há um ano, e não sabia disso. E ele joga cada vez melhor. Ele lê muitos livros adoráveis, com cavaleiros, lordes e damas, e dá comida aos pombos, aos pardais e aos esquilos, e põe nomes neles. Na verdade, tenho de me encontrar com ele — insistiu, quase chorando. — Não posso perdê-lo novamente!

Vermelha de raiva, a Sra. Carew sentenciou:

— Isso é uma loucura! Estou surpresa, vendo que você teima em fazer algo que desaprovo, Poliana. Não vou deixar você sair com esse menino. Por favor, não insista.

Uma nova expressão surgiu no rosto de Poliana. Com um olhar meio apavorado, meio exaltada, ela ergueu o queixo e encarou diretamente a Sra. Carew.

Trêmula, mas determinada, ela falou:

— Nesse caso, tenho de lhe dizer. Não queria falar enquanto não tivesse certeza. Queria que a senhora o visse antes. Agora tenho que dizer. Não vou perdê-lo de novo. Eu acho que ele é Jamie, senhora Carew!

— Jamie?! Meu Jamie! — o rosto da Sra. Carew ficou muito branco.

— Foi o que eu disse.

— Impossível!

— Escute, por favor. Ele se chama Jamie e não sabe o seu sobrenome. O pai morreu quando ele tinha seis anos e ele não se lembra da mãe. Deve ter agora uns 12 anos. A família de Jerry tomou conta dele quando o pai morreu. Seu pai era esquisito, nem disse àquela gente o seu nome e...

Ruth Carew a deteve com um gesto. Estava muito pálida, mas seus olhos brilhavam.

— Vamos lá, imediatamente — disse ela. — Mary, avise a Perkins para preparar o carro o mais depressa possível. Poliana, vá buscar o chapéu e o casaco. Rapaz, espere aí, por favor.

No corredor, o menino respirou fundo.

— Puxa vida! — murmurou o menino. — Estou importante. Vou para casa de automóvel! Que dirá Sir James disso?

Capítulo X

No beco dos Murphys

O carro de Ruth Carew desceu a avenida Commonwealth até a rua Arlington. Atrás, uma jovem de olhos brilhantes e uma senhora tensa e muito pálida.

Ao lado do motorista ia Jerry Murphy, orgulhoso e se sentindo insuportavelmente importante.

Quando o carro parou diante de uma porta velha, num beco escuro e sujo, o menino desceu e, imitando, desajeitado, a reverência que os motoristas particulares fazem, apressou-se em abrir a porta do carro, esperando que as damas descessem.

Poliana saltou imediatamente, os olhos arregalados de espanto e angústia quando ela olhou em volta. Atrás dela veio a Sra. Carew, visivelmente estremecida quando seu olhar varreu a sujeira, a sordidez e os trajes esfarrapados das crianças que fervilhavam gritando e tagarelando nos cortiços, e que cercaram o carro em um segundo.

— Parem com isso! — gritou, tentando impedir a aglomeração em volta do carro. — Isto aqui não é um circo! Deixem a gente passar! A visita é para Jamie.

A Sra. Carew estremeceu de novo e pousou a mão trêmula no ombro de Jerry, exclamando:

— É aqui?! Não é possível.

O menino não ouviu. Com cotoveladas e empurrões, abria caminho por entre a multidão de crianças e, antes que a Sra. Carew percebesse o que estava acontecendo, ela se viu, com Jerry e Poliana, aos pés de uma escada em ruínas, no fundo de um corredor escuro e malcheiroso. Mais uma vez, ela estendeu o braço trêmulo, exclamando:

— Esperem! Nenhum de vocês pode dizer uma só palavra sobre... sobre a possibilidade de encontrarmos o menino que estou procurando. Primeiro, quero ver e questioná-lo.

— É claro! — concordou Poliana.

— Claro! Estou ligado — assentiu o menino. — Vou tratar de sair, para não incomodar a senhora. Pode subir a escada, e cuidado com os buracos. Pode-se encontrar algum menino dormindo por aí. O elevador não está funcionando hoje — zombou ele. — A gente tem de subir a pé.

Elas encontraram os "buracos" — tábuas quebradas que rangiam e se dobravam assustadoramente sob seus pés encolhidos — e viram um "menino", de uns dois anos, não dormindo, mas brincando com uma lata vazia, que fazia rolar pelos degraus. Portas se abriam de todos os lados, ora furtivamente, ora com alarido, sempre deixando ver mulheres descabeladas ou crianças espiando com rostos sujos. Ouvia-se o pranto de uma criança e homens xingando. Por toda parte, um cheiro de bebida, de repolho podre e de gente que não tomava banho. No alto do terceiro e último lance de escada, o menino parou diante de uma porta fechada, murmurando:

— Só estou imaginando o que Sir James vai dizer, ao ver o presente que trago para ele. Sei o que Mumsey fará: vai chorar de alegria, vendo Jamie tão contente.

— Aqui estamos, e nós viemos em um automóvel! — exclamou, abrindo a porta.

O quarto era minúsculo, frio e triste, lamentavelmente vazio, mas muito limpo e arrumado. Não havia gente descabelada, nem crianças sujas, nem cheiro de bebida barata ou de repolho podre. Havia duas camas, três cadeiras quebradas, um caixote que servia de mesa e um fogão evidentemente incapaz de aquecer sequer aquele pequeno aposento. Numa das camas estava um rapaz com o rosto vermelho e os olhos brilhantes de febre. Ao lado, sentava-se uma mulher, magra, pálida, curvada e contorcida pelo reumatismo. A senhora Carew entrou no quarto e, para se equilibrar, parou por um momento, encostando-se à parede. Poliana adiantou-se, com um gritinho abafado, enquanto Jerry, com o anúncio "Agora tenho de ir, adeus", atravessava a porta e desaparecia.

— Estou feliz por tê-lo encontrado, Jamie! — exclamou Poliana. — Você não sabe como andei esses dias todos à sua procura. Sinto muito que você esteja doente.

— Eu não estou triste, mas satisfeito — enfatizou Jamie, estendendo para ela a mão pálida. — Por isso, você veio me ver, e já estou bem melhor. Mumsey, ela é a menina que me falou sobre o jogo do contente. Mumsey também já está jogando — acrescentou, empolgado. — Ela estava chorando, de tanta dor nas costas. Nem pôde trabalhar. Depois, quando eu piorei, ela ficou alegre de não poder trabalhar, para ficar tomando conta de mim.

Então, a senhora Carew aproximou-se, com uma expressão ao mesmo tempo de temor e de esperança. Chegou bem perto do menino.

— Esta é a Sra. Carew, que eu trouxe para ver você, Jamie. — E Poliana apresentou Ruth com a voz trêmula.

Mumsey levantou-se, com esforço, e ofereceu uma cadeira à visitante, sem sequer um olhar. Seus olhos ainda estavam no menino. Até que perguntou:

— Você se chama Jamie?

— Sim, senhora — os olhos brilhantes do menino olharam diretamente nos dela.

— E qual é o seu sobrenome?

— Não sei.

Pela primeira vez, a senhora Carew se dirigiu à outra mulher, que continuava, agora de pé, junto da cama. Perguntou:

— É seu filho?

— Não, senhora.

— A senhora não sabe o seu sobrenome?

— Não. Nunca soube.

Com um gesto desesperado, a Sra. Carew voltou-se para o menino:

— Pense bem, faça um esforço. Não se lembra de alguma coisa sobre o seu nome, a não ser que é Jamie?

— Não, não me lembro — respondeu, intrigado com aquela insistência.

— Você não tem nada que pertencia a seu pai, algo que possa ter o nome dele? — interpôs a Sra. Carew.

— Nada havia que merecesse ser guardado, a não ser livros — atalhou a viúva Murphy. — A senhora não quer vê-los? — disse, apontando para uma pilha de livros velhos, numa prateleira, e acrescentando, sem conter a curiosidade: — A senhora sabe alguma coisa a respeito dele?

— Não... — murmurou a Sra. Carew, com voz abafada.

Atravessou o quarto até a prateleira. Não eram muitos livros, uns dez ou doze, no máximo. Havia um volume com peças de Shakespeare, um *Ivanhoé*, uma *Dama do Lago* muito manuseado, um com poemas escolhidos, um Tennyson sem capa, um *O Pequeno Lorde* rasgado e dois ou três de história antiga e medieval. Mas, embora Ruth tivesse procurado em cada um, não encontrou nada de particular em nenhum deles. Nenhuma dedicatória, nenhuma anotação pessoal, nada. Com um suspiro, voltou-se para o enfermo e à outra mulher, ambos agora observando-a com olhos surpresos e questionadores. E disse, sentando-se:

— Quero saber tudo a respeito de vocês.

Os dois falaram a mesma história que Jamie havia contado a Poliana no Jardim Público. Pouca coisa era novidade e nenhuma significativa, por mais perguntas que Sra. Carew fizesse. Então, Jamie lançou um olhar de ansiedade para a visitante e perguntou:

— A senhora conheceu meu pai?

— Não sei, acho que não. — A Sra. Carew fechou os olhos e levou a mão à testa.

Poliana não conteve um grito de decepção, diante do olhar de censura da Sra. Carew, que, horrorizada, examinava o quarto minúsculo. Afastando o olhar da visitante, Jamie se deu conta, de súbito, de seus deveres de anfitrião. Disse a Poliana:

— Que bom você ter vindo! Como vai Sir Lancelote? Continua a alimentá-lo?

E como Poliana não respondesse, fixou os olhos num cravo maltratado, enfiado num vaso quebrado, no beiral da janela:

— Está vendo minha flor? Foi Jerry que encontrou. Alguém a jogou fora e ele apanhou. É linda e ainda tem perfume.

Poliana nem parecia tê-lo ouvido. Ela ainda estava olhando, com os olhos arregalados pela sala, apertando e soltando as mãos nervosamente.

— Não sei como você consegue fazer o jogo aqui, Jamie — disse, afinal, com voz alterada. — Creio que não pode haver lugar pior que este para se morar.

— Ora! Você precisa ver o quarto da família Pike lá embaixo. É bem pior do que isto aqui. Você nem imagina quanta coisa boa há neste quarto. No inverno, aqui bate sol mais de duas horas por dia, quando há sol, é claro. E da janela a gente pode ver um pedaço de céu. Seria muito bom se a gente pudesse continuar aqui, mas temos que sair. E é isso que está nos preocupando.

— Sair?!

— É que estamos com o aluguel atrasado. Mumsey anda doente e, assim, não consegue ganhar nada — explicou Jamie, sem esconder a preocupação. — A senhora Dolan, lá de baixo, que guarda a cadeira de rodas, tem nos ajudado esta semana, mas não vai poder ajudar sempre. Assim, vamos ter de sair. E é isso que está nos preocupando.

— Bem, mas não podemos... — começou Poliana, mas parou logo, pois Sra. Carew se pusera de pé, de repente.

— Vamos, Poliana — disse ela. — Temos de ir embora. Mas a senhora não vai ter que sair daqui — acrescentou, dirigindo-se à Mumsey. — Vou enviar dinheiro e comida e expor o seu caso a uma das organizações de caridade a que pertenço e...

Calou-se, surpresa. A pobre mulher de corpo deformado pelo reumatismo quase se tornara petrificada — tinha os olhos brilhando.

— Não, muito obrigada, senhora Carew. Somos muito pobres, só Deus sabe, mas não vivemos de caridade alheia.

— Que absurdo! — exclamou a Sra. Carew, bruscamente. — Estão sendo ajudados pela mulher lá de baixo. Foi o que o menino disse.

— Só que isso não é caridade — insistiu a mulher. — A senhora Dolan é minha amiga e sabe que eu posso lhe prestar um favor em troca, como já fiz antes. Ajuda de amigos não é esmola. Os amigos se preocupam com a gente, eis a diferença. Não fomos sempre tão pobres como somos agora, e isso nos faz sentir mais as coisas. Obrigada, mas não podemos pagar o seu dinheiro.

A Sra. Carew franziu a testa com raiva. Passara uma hora decepcionante e desagradável, que a deixara exausta. Se nunca fora paciente, agora estava exasperada e terrivelmente cansada. Disse:

— Muito bem, como quiser — e acrescentou, friamente: — Mas então por que não procura o proprietário e exige que ele torne isto aqui mais decente? Vocês têm direito a mais alguma coisa além de janelas quebradas, cobertas com jornais e molambos! E esta escada por onde vim é muito perigosa.

A senhora Murphy deu um suspiro desanimada e disse:

— Já tentamos, mas sem resultado. A única pessoa que vemos é o encarregado, e ele repete que o aluguel é muito baixo para que o proprietário gaste com obras de reparos.

— É um absurdo! — exclamou Sra. Carew, furiosa, tentando desabafar. — É vergonhoso! Acho até que é uma violação da lei, pelo menos aquela escada é. Vou tomar providências para que ele cumpra a lei. Como se chama o encarregado? E quem é o dono desta residência?

— Não sei o nome do dono. O encarregado é o senhor Dodge.

— Dodge?! — exclamou Ruth Carew. — Henry Dodge?

— Sim, senhora. Acho que ele se chama Henry.

— Está bem — murmurou Ruth, já se retirando. — Vou providenciar. Vamos embora, Poliana.

Poliana se despedia de Jamie com lágrimas nos olhos:

— Eu volto depois.

Após terem descido, cuidadosamente, a arriscada escada de três longos lances e caminhar através da multidão que tagarelava e cercava Perkins e a limusine, Poliana falou, quase implorando, enquanto Perkins batia a porta do carro:

— Por favor, Sra. Carew, diga que ele é Jamie! Vai ser tão bom para ele se for Jamie!

— Ele não é Jamie!

— A senhora tem certeza?

Fez-se um momento de silêncio, e a Sra. Carew escondeu o rosto entre as mãos.

— Não, eu não tenho certeza — murmurou. — E isso é uma tragédia. Acho que não é, estou quase convencida. Mas sempre há uma possibilidade... e isso está me matando.

— Nesse caso, não pode imaginar que ele é Jamie e fazer tudo como se fosse? — sugeriu Poliana. — Podíamos levá-lo para casa e...

Ruth interrompeu, irritada:

— Levar aquele menino para a minha casa, como se ele fosse Jamie? Nunca, Poliana! Não posso.

— Se a senhora não puder cuidar de Jamie, acho que ficaria contente em cuidar de alguém que, como ele, precisa de ajuda — insistiu Poliana. — E se o seu Jamie estiver como esse aí, pobre e doente, a senhora não ficaria com ele, para tratar dele e...

— Não, não, Poliana, por favor... — murmurou Ruth, movendo a cabeça de um lado para o outro. — Quando penso que talvez o nosso Jamie esteja em algum lugar sofrendo como... — Após um soluço engasgado não terminou a frase.

— Isso é exatamente o que eu quero dizer! — exclamou Poliana. — Não está vendo? Se aquele for o seu Jamie, claro que a senhora vai querer ficar com ele. Se não for, isso em nada prejudica o outro Jamie, quer dizer, cuidando desse aqui, e ele ficaria muito feliz. E quando encontrasse o Jamie verdadeiro, a senhora não iria perder nada, pois teria feito dois meninos felizes, em vez de um e... Mas novamente a Sra. Carew a interrompeu.

— Não, Poliana, não! Eu quero pensar.

Com lágrimas nos olhos, Poliana recostou-se na cadeira. Por um esforço muito visível ela ficou parada por um minuto inteiro. Depois, não conseguiu conter as palavras:

— Nossa! Que lugar horrível aquele! Acho que o dono devia morar lá, para ver o que é bom...

A Sra. Carew sentou-se subitamente ereta. Seu rosto mostrou uma mudança curiosa. Estendeu a mão para Poliana, num gesto que parecia de súplica, dizendo:

— Talvez ela não soubesse, Poliana. Tenho certeza de que ela não sabia... que era dona de um lugar igual àquele. Mas agora vai tomar providências...

— Ela?! — indagou Poliana. — A dona daquela casa é uma mulher? A senhora a conhece? E conhece também o encarregado?

— Sim — disse Ruth, com esforço. — Conheço os dois.

— Que bom! — exclamou Poliana, radiante. — Agora, tudo vai ficar bem.

— Pelo menos ficará melhor — assegurou Ruth Carew, enquanto a limusine parava diante de sua casa.

A Sra. Carew falou como se soubesse do que estava falando. E talvez, de fato, ela fez melhor do que ela gostaria de dizer a Poliana. Certamente, antes de dormir naquela noite, escreveu uma carta endereçada a um tal Henry Dodge, convocando-o para uma conferência imediata sobre certas mudanças e reparos a serem feitos imediatamente nos cortiços que ela possuía. Havia, além disso, várias frases contundentes sobre "janelas cheias de trapos" e "escadas precárias", que fizeram esse mesmo Henry Dodge franzir a testa com raiva e dizer uma palavra afiada por trás dos dentes — embora ao mesmo tempo empalidecesse com algo muito parecido com o medo.

Capítulo XI

Uma surpresa para Ruth Carew

Tendo solucionado devidamente a questão dos reparos na casa, a senhora Carew admitiu para si mesma que havia cumprido seu dever e que o assunto estava encerrado. O menino não era Jamie e nem podia ser. Aquele menino sujo, ignorante e enfermo, filho de sua irmã? Impossível. Ruth tentou esquecer o caso, mas não conseguia. Sempre diante de seus olhos estava a imagem daquele quartinho vazio e do menino de rosto melancólico.

Sempre em seus ouvidos estava aquele desolador: "E se ele fosse Jamie?" E havia também a presença de Poliana, pois embora Ruth pudesse (como pôde) calar as súplicas da mocinha, não podia livrar-se da angústia e das censuras que lia em seus olhos.

Por duas vezes, Ruth voltou a visitar o menino, dizendo a si mesma que bastaria outra visita para convencer-se de que ele não era a pessoa que procurava. Todavia, embora achasse que estava certa, na presença do menino renascia em sua consciência a mesma dúvida, assim que se afastava. Por fim, em desespero ainda maior, ela escreveu para a irmã e contou-lhe a história:

Querida irmã,

Eu não queria dizer a você. Acho uma pena te atormentar, ou levantar falsas esperanças. Tenho certeza de que não é ele, mas, ao mesmo tempo, acho que não tenho tanta certeza assim. Por isso, queria que você viesse, é preciso que venha vê-lo.

Não sei o que você vai pensar. É certo que não vemos Jamie desde quando ele tinha quatro anos. O tal menino tem doze, ao que parece (ele mesmo não sabe sua idade). Seus cabelos e seus olhos não são diferentes dos de Jamie. Ele está inválido, devido a uma queda, há seis anos, e o problema se agravou por causa de outra queda, quatro anos mais tarde. Não consegue fazer uma descrição completa da aparência de seu pai. O que pude saber não leva a qualquer pista de que se trata do marido de Doris. Ele era chamado de "o Professor", um tipo esquisito e que nada mais deixou do que alguns livros. Isso talvez signifique alguma coisa. Sem dúvida, John Kent era muito estranho e boêmio. Não me lembro se gostava ou não de livros. Você se lembra? Naturalmente, o título de "Professor" podia muito bem aplicar-se a ele, se o quisesse, ou pode simplesmente ter lhe sido dado por outras pessoas. Quanto ao tal menino, não sei de nada mais e tenho esperança de que você venha!

Sua angustiada irmã,

Ruth

Della seguiu para Boston imediatamente e foi logo ver o menino. Não chegou a qualquer conclusão. Como sua irmã, achou que não era Jamie, mas, admitia, havia a possibilidade de que fosse, afinal. Como Poliana, contudo, achava, que havia um modo satisfatório de encarar o dilema. Propôs à irmã:

— Por que não fica com ele, querida? Por que não o traz para casa e o adota? Seria adorável para ele, coitadinho...

— Não posso! — interrompeu Ruth. — Quero o meu Jamie e mais ninguém.

Então Della encerrou o assunto e voltou ao Hospital. Se a Sra. Carew achava que isso encerrava o assunto, no entanto, ela estava novamente enganada. Não tinha sossego de dia, o sono lhe custava a vir de noite e, quando vinha, era cheio de pesadelos em que um "pode ser", ou um "talvez seja" se confrontavam com um "é sim". Depois, sua convivência com Poliana se tornara difícil.

Poliana ficou intrigada. Ela estava cheia de questionamentos e inquietação. Pela primeira vez em sua vida, estava cara a cara com a verdadeira pobreza. Conhecera pessoas que não tinham o suficiente sequer para comer, que usavam trapos e viviam em casas velhas e sujas, em quartinhos minúsculos, sem móveis. Seu impulso inicial fora "ajudar". Em companhia de Ruth Carew, fez duas outras visitas a Jamie, e ficou alegre ao ver que as condições tinham mudado, depois que "aquele Dodge" tinha "dado um jeito nas coisas". A rua era cheia de homens de aparência doente, mulheres de aparência infeliz e crianças esfarrapadas — todos vizinhos de Jamie. Cheia de confiança, sugeriu à senhora Carew que também os ajudasse.

— Como?! — exclamou Ruth, ao saber o que pensava a garota. — Você quer mesmo que a rua inteira ganhe pintura nas paredes de suas casas e escadas novas? Por favor, há mais alguma coisa que você gostaria?

— Sim, senhora. Muitas coisas — disse Poliana. — Eles precisam de tudo. E ficariam alegres se conseguissem. Eu queria muito ser rica para ajudar essa gente. Mas a senhora pode ajudá-los.

A senhora Carew engasgou em voz alta espantada. Não perdeu tempo — embora tenha perdido um pouco a paciência — em explicar que não tinha a intenção de promover melhoramento algum e nem tinha motivos para tal. Já fora bastante generosa pelo que fizera na casa em que moravam Jamie e os Murphy. Não achou necessário esclarecer que era a dona do imóvel. Explicou a Poliana que havia instituições de caridade, numerosas, com a finalidade de socorrer os pobres, e que ela contribuía sempre para tais instituições.

Mesmo assim, porém, Poliana não estava convencida:

— Não vejo em que é melhor um monte de gente se juntar e fazer o que todo mundo gostaria de fazer por si mesmo. Seria melhor, por exemplo, eu dar agora um bom livro a Jamie, do que deixar que uma sociedade o fizesse. E tenho certeza de que ele também ficaria mais contente se recebesse o presente de mim.

— Muito provavelmente — disse a Sra. Carew, um tanto cansada. — Mas é bem possível que seria melhor para Jamie se o livro lhe fosse dado por pessoas que sabem o tipo de livro que mais lhe convém.

Isso a levou a falar muito, sem que Poliana entendesse, a respeito dos problemas de "levar os pobres à mendicância", dos "males da doação indiscriminada" e dos "efeitos perniciosos da caridade desorganizada". E acrescentou, diante do rostinho preocupado de Poliana:

— Além disso, é muito provável que, se eu ajudasse aquela gente, muitos não aceitariam a ajuda. Não viu com a Sra. Murphy recusou meu oferecimento de lhe mandar roupa e comida, embora aceitou prontamente de seus vizinhos do primeiro andar?

— Bem, há uma coisa que não entendo... — disse Poliana. — Não me parece direito que nós tenhamos tanta coisa boa e eles nada ou quase nada.

Com o passar dos dias, tal sentimento se fortalecia na mente de Poliana. E as perguntas e comentários que fazia em nada contribuíam para aliviar o estado de espírito da Sra. Carew. Até mesmo o jogo do contente pouco funcionava, como observou Poliana:

— Não vejo nessa questão da pobreza uma coisa que possa dar alegria à gente. Claro que podemos ficar felizes por não sermos pobres também, mas ao mesmo tempo em que fico alegre por isso, fico triste por causa deles, que não podem ser alegres. E poderíamos ficar alegres sabendo que há pobres, porque poderíamos ajudá-los. Se não os ajudamos, o que é que pode ser alegre?

E Poliana não encontrava ninguém que pudesse lhe dar uma resposta satisfatória.

Fez a pergunta diretamente a Ruth Carew e esta, ainda assombrada com as visões sobre Jamie, só ficou mais inquieta, mais miserável e totalmente desesperada. Nem sentiu alívio com a aproximação do Natal. Não havia manifestações de júbilo e alegria capazes de amenizar seu sofrimento ou de tornar menos dolorosa a falta de Jamie e a incerteza de seu destino.

Finalmente, uma semana antes do Natal, a Sra. Carew travou consigo mesma o que julgou ser a última batalha. Com decisão, e sem que seu rosto refletisse uma alegria real, deu ordens a Mary e mandou chamar Poliana, a quem anunciou:

— Escute — ela começou, quase asperamente. — Decidi ficar com Jamie. O carro está chegando e eu vou buscá-lo. Se você quiser, pode ir comigo.

— Que bom! — A fisionomia de Poliana transfigurou-se. — Estou tão feliz que sinto vontade de chorar! Não acontece o mesmo com a senhora?

— Não sei, não tenho certeza. — No rosto da Sra. Carew ainda não havia expressão de alegria.

Uma vez no pequeno cortiço de um cômodo dos Murphy, não levou muito tempo para, em frases curtas, contar a história do Jamie desaparecido e da esperança de que aquele Jamie pudesse ser o que procurava. Ela não fez segredo de suas dúvidas e, em seguida, anunciou que resolvera levá-lo para sua casa para cuidar dele. Depois, sem maior entusiasmo, contou sobre os planos que tinha em relação ao menino. Aos pés da cama, a Sra. Murphy chorava baixinho. Do outro lado do quarto, Jerry soltava, vez por outra, uma exclamação de espanto.

Quanto a Jamie, a princípio ouvira com ar de quem se vê de repente diante de uma porta que se abre para o Paraíso desejado. Mas na medida em que a Sra. Carew falava, uma expressão nova surgiu em seus olhos. Viram então que seu rosto estava muito branco, e que seus olhos cheios de lágrimas; devagar, ele os fechou e virou o rosto.

Quando a senhora Carew parou de falar, fez-se um prolongado silêncio, até que Jamie se voltou e disse, quase chorando:

— Muito obrigado, senhora Carew, mas não posso ir.

— Você não pode... o quê? — exclamou Mrs. Carew, como se duvidasse da evidência de seus próprios ouvidos.

— Jamie! — exclamou Poliana.

— Que é isso, menino? — gritou Jerry. — Você vai ver como é bom, quando puder ver!

— Jamie, pense bem. Pense no que isso significa para você — implorou a Sra. Murphy ao pé da cama.

— Já decidi — respondeu Jamie. — Acham que não sei o que estou fazendo, do que estou desistindo? — E, depois de uma pausa, dirigiu os olhos úmidos para Ruth: — Não posso deixar que a senhora faça tudo isso por mim. Se a senhora quisesse realmente, estaria bem. Mas a senhora não me quer. Quer o verdadeiro Jamie e não eu. A senhora acha que eu não sou o Jamie que procura. Posso ver isso em seu rosto.

— Eu sei — admitiu a Sra. Carew impotente.

— E não é como se eu fosse igual aos outros e pudesse andar — interrompeu o Jamie. — A senhora ia se cansar de mim em pouco tempo e eu teria de entender. Não posso suportar a ideia de ser um fardo para a senhora. Naturalmente, se a senhora quisesse mesmo, como Mumsey... — cortou a frase, estendeu o braço e, contendo um soluço, virou o rosto de novo. — Eu não sou o Jamie que a senhora quer. Não posso ir.

Dizendo isto o rapazinho cerrou o punho com tanta força que o sangue lhe fugiu da mão, fazendo com que sua alvura se destacasse sobre o escuro e esfarrapado xale que cobria a cama.

Houve um momento de silêncio, então, muito baixinho, a Sra. Carew se levantou. Mas havia em seu rosto algo que sufocou o soluço que chegava aos lábios de Poliana.

— Vamos embora, Poliana! — foi tudo o que ela disse.

— Sua tolice não tem limite! — balbuciou Jerry Murphy para Jamie, logo que a porta se fechou à saída das visitantes.

Jamie estava chorando muito, como se aquela porta fosse a que se abria para o Paraíso e que agora se fechava para todo sempre.

Capítulo XII

Por trás do balcão

Ruth Carew estava muito zangada. Ter chegado ao ponto em que estava disposta a levar aquele menino doente para sua casa, e então ver o menino se recusando calmamente a vir, era insuportável. Não estava acostumada a ver seus convites recusados ou seus desejos desprezados. E tinha consciência do pavor que, no fundo, a dominava: afinal, aquele rapazinho podia ser o verdadeiro Jamie. Ela conhecia o motivo real de ter querido acolhê-lo: não porque se interessasse por ele, nem porque desejasse ajudá-lo e fazê-lo feliz, mas porque esperava que, cuidando dele, aliviasse sua própria mente e deixaria de se fazer a eterna pergunta: "E se ele fosse seu Jamie?"

Certamente não ajudou em nada que o menino tivesse adivinhado seu estado de espírito e, ter como razão da recusa, a falta de um verdadeiro interesse de sua parte, não facilitaria as coisas. E agora ela dizia, a si mesma, que de fato não se interessava, que o menino não era o filho de sua irmã e que devia se esquecer tudo sobre isso.

Mas ela não se esqueceu de tudo. Por mais que anunciasse que não tinha qualquer responsabilidade, que o menino não era seu parente, não conseguia livrar-se da dúvida que a atormentava. E se afastava os pensamentos maus, eles voltavam mais fortes. E ela parecia ter diante dos olhos a imagem de um rapazinho de olhar ansioso estendido em uma cama, num quartinho miserável sempre pairava diante dela.

Claramente Poliana não era ela mesma. Ela andava deprimida pela casa, aparentemente não encontrando interesse em nenhum lugar.

— Não estou doente — respondia, quando lhe perguntavam se estava sentindo alguma coisa.

— Mas qual é o problema?

— Nada. Só estava pensando em Jamie, que não dispõe de todas essas coisas bonitas, tapetes, quadros e cortinas.

O mesmo ocorria com a comida. Poliana já não tinha apetite e, também aí, dizia que não estava doente.

— Só estou sem fome. Logo que começo a comer, penso em Jamie, que fica faminto quase todo dia. Então, fico sem vontade.

A sra. Carew, estimulada por um sentimento que ela mesma não entendia, e determinada a causar alguma mudança em Poliana a todo custo, encomendou uma árvore enorme, duas dúzias de guirlandas e muitos enfeites de Natal. Pela primeira vez em muitos anos, a casa resplandeceu. Verdadeira festa de Natal, até porque Ruth pediu a Poliana que convidasse meia dúzia de suas amigas da escola para uma comemoração na Véspera de Natal. Ainda assim, a senhora Carew se decepcionou: embora Poliana se mostrasse grata e, às vezes, interessada ou entusiasmada, continuava triste. No fim, a festa de Natal foi mais uma tristeza do que uma alegria, o vislumbre da árvore brilhante a fez cair em uma tempestade de soluços.

— Que é isso, Poliana? — perguntou Ruth.

— Não é nada — disse a menina, procurando controlar-se. — É que a árvore de Natal é tão linda que tive de chorar. Fiquei pensando como Jamie teria gostado de vê-la.

Foi então que a paciência da Sra. Carew se esgotou.

— Jamie, Jamie, Jamie! Não pode parar de falar daquele menino, Poliana? Você sabe muito bem que não é por minha culpa que ele não está aqui. Eu o convidei, e ele não quis. Onde anda o seu famoso jogo do contente? Acho que seria uma excelente ideia se você o jogasse agora.

— Estou jogando — desculpou-se Poliana. — E é isso que não entendo. Nunca me senti tão estranha. Sempre fiquei satisfeita com as coisas que tinha. Agora, a respeito de Jamie, fico alegre de ter tapetes e quadros e o melhor para comer, e de poder andar e correr, de ir ao colégio, tudo isso!... Mas, quanto maior é a alegria que sinto, mais triste fico por causa dele. Nunca vi o jogo sair tão estranho, e não sei por quê. Será que a senhora entende?

Mas a Sra. Carew, com um gesto desesperado, simplesmente se virou sem uma palavra.

No dia seguinte do Natal, aconteceu algo tão maravilhoso que Poliana, por algum tempo, quase se esqueceu de Jamie. A Sra. Carew saíra com ela para fazer compras e, enquanto a Sra. Carew tentava decidir-se entre uma renda duquesa e uma gargantilha de rendas, Poliana teve a impressão de que via, por trás do balcão, um rosto que parecia vagamente familiar. Ficou olhando por um instante, procurando recordar-se. Depois, com um gritinho de alegria, correu naquela direção.

— Ah, é você! — exclamou, dirigindo-se a uma moça que colocando na vitrine uma bandeja de laços cor de rosa. — Estou contente de vê-la!

Espantada, a moça ergueu a cabeça e olhou para Poliana. Quase imediatamente, seu rosto assumiu um ar sorridente:

— Ora! É a menina do Jardim Público! — exclamou.

— Eu mesma. Fico alegre de você ter se lembrado. Por que nunca mais voltou? Eu a procurei muitas vezes.

— Não pude, tenho que trabalhar — explicou a moça. — Naquele dia tivemos meio expediente e... Cinquenta centavos, madame — interrompeu, atendendo a uma senhora simpática que apontava para alguns laços no mostruário.

— Cinquenta centavos? Hum... — disse a senhora, examinando a mercadoria. — É muito bonito, minha filha. — E foi-se embora.

Imediatamente atrás dela vieram duas garotas de rosto brilhante falando alto e rindo. Examinaram uma blusa de veludo e outra de tule e seguiram adiante, sempre rindo e falando alto. Poliana acompanhou-as com os olhos:

— É assim o dia todo? Você deve gostar muito desse emprego. Está feliz, não é mesmo?

— Feliz?!

Bem, ainda não sei o nome dela, mas sei quem é.

— Deve ser muito divertido... Tanta gente, todas diferentes. E você pode conversar com todos, é o seu trabalho. Você deve adorar. Acho que, quando crescer, vou ser balconista. Deve ser divertido ver o que todos compram.

— Divertido! — exclamou a moça atrás do balcão. — Menina, se você soubesse a metade... É um dólar, senhora... — Interrompeu o que dizia para atender a uma jovem senhora que, com indelicadeza, perguntava o preço um laço amarelo brilhante de veludo.

— Está bem. Já era tempo de me dizer! — disse a irritada freguesa. — Tive de perguntar duas vezes.

— Desculpe, não ouvi. — A vendedora mordeu os lábios.

— Era sua obrigação ouvir. Para isso é que você está aqui. Não é paga para isso? Quanto custa o laço preto?

— Cinquenta centavos.

— E aquele azul?

— Um dólar.

— Sem insolência, moça! — ameaçou a freguesa. — Tem de tratar as pessoas com educação, eu vou denunciá-la. Deixe-me ver aquela bandeja de laços rosas.

Os lábios da vendedora se abriram, depois se fecharam. Obedientemente, ela enfiou a mão na vitrine e tirou a bandeja de laços rosa; mas seus olhos brilharam, e suas mãos tremiam visivelmente enquanto ela colocava a bandeja no balcão. A jovem a quem ela estava servindo pegou cinco laços, perguntou o preço de quatro deles, então se virou com um breve:

— Não vejo nada que me importe.

— E então? — perguntou a vendedora a Poliana. — Que acha agora do meu trabalho? Muito divertido, não é mesmo?

— Nossa, ela não estava zangada? Mas ela era meio engraçada também. Mesmo assim, você pode ficar alegre... porque as outras freguesas não são iguais a esta.

— Acho que sim. — A vendedora sorria com tristeza. — Fique sabendo que o tal jogo do contente, de que me falou no Jardim Público, pode ser muito bom para você, mas... Cinquenta centavos, senhora. — E mais uma vez interrompeu o que dizia para atender a nova freguesa.

— Você é sempre triste, assim? — perguntou Poliana, interessada, quando a freguesa se retirou.

— Bem... Não posso dizer que dei cinco festas, nem fui a mais de sete depois que a conheci... — respondeu a moça, com sarcasmo.

— Mas o Natal foi legal, ou não?

— Ah, sim. Fiquei deitada, com os pés doendo, li quatro jornais e uma revista. À noite, fui a um restaurante e tive de pagar trinta e cinco centavos, em vez de vinte e cinco, por uma torta de frango.

— Por que seus pés estavam doendo?

— Ora, fiquei de pé o dia todo! Já imaginou o movimento desta loja na véspera de Natal?

— Que pena... — lamentou -se Poliana. — Você não teve árvore de Natal, não foi a nenhuma festa, nada?

— E tinha de ir?

— Como eu gostaria que você pudesse ter visto o meu natal. Foi lindo e... Mas ainda há um jeito. Você pode ver os enfeites, não foram retirados até hoje. Será que pode ir lá, hoje à noite, ou amanhã?

— Poliana! — interrompeu a senhora Carew, contrariada. — Que quer dizer isso? Onde é que se meteu esse tempo todo? Já a procurei por toda parte. Fui duas vezes à seção de artigos de toalete, e nada.

Poliana se voltou, rindo:

— Foi bom a senhora ter chegado! Esta aqui é... Bem, ainda não sei o nome dela, mas sei quem é. Conheci ela no Jardim Público há algum tempo. Vive muito solitária, e não conhece ninguém. O pai dela também é pastor, como o meu, só que o pai dela está vivo. Ela não teve árvore de Natal, só os pés doendo e uma torta de frango. Quero que ela veja a minha árvore de Natal. Convidei-a para ir hoje à noite ou amanhã. E a senhora vai me deixar iluminar a árvore outra vez, não vai?

— Bem... quer dizer... — começou a sra. Carew, com fria desaprovação. Mas a garota atrás do balcão interrompeu com uma voz fria:

— Não se preocupe, minha senhora. Não tenho a menor intenção de ir.

— Por favor! — implorou Poliana. — Quero muito que você vá e...

— Acho que esta senhora não está nem um pouco interessada nisso — observou a balconista, maliciosamente.

A Sra. Carew ficou vermelha de raiva e virou-se para ir embora; mas Poliana a segurou:

— Claro que ela está interessada. Sei que ela quer que você vá. É uma senhora muito boa e dá muito dinheiro às associações de caridade e tudo mais.

— Poliana! — protestou a Sra. Carew, bruscamente e, mais uma vez, quis se afastar, sendo dessa vez detida pela vendedora:

— Eu sei que muitas pessoas dão dinheiro para casas de recuperação. Há sempre mãos caridosas estendidas às que erraram. Não vejo nada demais nisso. Só fico imaginando por que não pensam em ajudar as moças antes de cometerem um erro. Por que não dar às moças ajuizadas belas casas, com livros, quadros, tapetes e música, e alguém por perto interessado nelas? Talvez, então, não houvesse tantas... Santo Deus, que estou dizendo?

A moça se calou, voltando-se para uma jovem que, parada à sua frente, examinava um laço azul.

— Custa cinquenta centavos, madame... — Ruth Carew ouviu-a dizer, enquanto Poliana saía apressadamente.

Capítulo XIII

Uma espera e uma vitória

Foi um plano e tanto. Poliana o formulou em cinco minutos e o revelou à senhora Carew, que não achou, como deixou claro, nada de incomum nele.

— Tenho certeza de que vai dar certo — argumentou Poliana, em resposta às objeções da Sra. Carew. — E pense como é fácil fazer isso! A árvore está como estava, exceto os presentes, e a gente pode arranjar outros. Não vai demorar muito até a véspera do Ano-Novo. Ela ficará feliz em vir. A senhora também não ficaria, se só tivesse tido, no Natal, os pés doendo e uma torta de frango?

— Você é impossível, menina! Já se esqueceu de que nem ao menos sabemos o nome daquela jovem?

— É, não sabemos. Isso é engraçado, pois sinto que a conheço, e muito bem — replicou Poliana, sorrindo. — Nós tivemos uma conversa tão boa no Jardim naquele dia, e ela me contou tudo sobre como ela era solitária, e que achava que o lugar mais solitário do mundo é justamente na multidão, em uma cidade grande, porque ninguém se preocupa com as outras pessoas. Sim, havia um homem que prestava atenção. Mas era atenção demais e ela achava que o tal tipo não devia lhe dispensar tanta atenção. É engraçado, não é? Mas de qualquer forma, ele foi buscá-la lá no Jardim para ir em algum lugar com ele, mas ela não queria ir, e ele era muito bonito. Então, ele começou a ficar zangado. É feio as pessoas ficarem furiosas, não é? Hoje havia uma senhora lá na loja que fez um monte de grosserias àquela moça. A senhora vai me deixar acender a árvore de Natal na véspera do Ano-Novo, não vai? E convidar aquela moça da loja e Jamie, não é? Jamie está melhor e vai adorar. Jerry terá de trazê-lo na cadeira de rodas. Temos de convidar Jerry também, de qualquer forma.

— Sim, é claro, Jerry também! — ironizou Ruth Carew. — Mas, e por que apenas Jerry? Ele deve ter muitos amigos que adorariam vir. E...

— Oh, senhora Carew! Eu posso? — atalhou Poliana, incontrolável deleite. — A senhora é muito boa! Eu queria tanto!...

Mas a Sra. Carew ofegou em voz alta, surpresa e consternada:

— Não, Poliana... Eu...

Mas Poliana, não tendo entendido bem o sentido de suas palavras anteriores, se mostrava cada vez mais entusiasmada:

— A senhora é muito bondosa, mesmo, e não adianta dizer que não é. Acho que vou ter uma festa maravilhosa! Podem vir Tommy Dolan e sua irmã Jennie, os dois filhos dos Macdonald e três meninas que não sei como se chamam e que moram abaixo dos Murphys, e muito mais gente, se houver lugar para todos. Imagine só como vão ficar alegres! Acho que nunca tive nada tão bom em toda a minha vida, e devo isso à senhora! Posso começar a fazer os convites, para que fiquem sabendo o que vão ter?

E a Sra. Carew, que não teria acreditado que tal coisa fosse possível, ouviu a própria boca murmurar um "sim" sem graça — o que significava que daria uma festa na véspera de Ano-Novo para uma dúzia do Beco dos Murphys e uma balconista que nem sabia como se chamava.

Talvez em sua memória ainda permanecesse a memória daquela moça dizendo: "Não pensam em ajudar as moças antes de cometerem um erro." Talvez em seus ouvidos ainda soassem as palavras de Poliana, contando o caso da mesma moça, que achava a solidão de alguém em meio à multidão de uma cidade grande, a pior de todas, e que recusara o convite de um moço elegante "que a notara demais". Talvez no coração da Sra. Carew estivesse a esperança indefinida de que em algum lugar de tudo isso estivesse a paz que ela tanto ansiava, a ampla hospitalidade de uma anfitriã disposta. Fosse o que fosse, a coisa estava feita, e imediatamente a Sra. Carew se viu envolvida em um verdadeiro turbilhão de planos e tramas, cujo centro era sempre Poliana e o grupo.

A Sra. Carew escreveu uma carta para sua irmã sobre todo o caso, encerrando assim:

O que vou fazer não sei. Mas suponho que vou continuar a fazer o que estou fazendo. Não há outro meio. Naturalmente, se Poliana começar a pregar sermões... Até agora, não fez isso. Assim, não posso, de consciência leve, mandá-la de volta para você.

Della deu uma risada ao ler a carta no Hospital. Pensou: "Ainda não pregou sermões! Deus seja louvado! E no entanto, você, Ruth Carew, já se dispôs a dar duas festas numa semana. E, pelo que se pode deduzir, sua casa, que vivia envolta em sombra, está repleta de luzes e de enfeites. E ela não pregou sermões, ainda!"

A festa foi um sucesso, a Sra. Carew teve de admitir. Jamie, em sua cadeira de rodas, Jerry com seu com seu surpreendente, mas expressivo vocabulário e a balconista, que se chamava Sadie Dean, competiram para divertir os convidados mais tímidos. Para a surpresa dos demais — e talvez dela própria — Sadie mostrou perfeito conhecimento de jogos de salão. Esses jogos, com as histórias de Jamie e as brincadeiras bem-humoradas de Jerry, fizeram com que todos se distraíssem até a hora da ceia e da generosa distribuição de presentes, ao pé da árvore de Natal. Os convidados foram felizes para casa com suspiros de contentamento.

Se Jamie estava um tanto pensativo, ninguém notou. Contudo, ao despedir-se dele, Ruth lhe disse em voz baixa, meio impaciente e embaraçada:

— E então, Jamie? Já mudou de ideia? Não quer mesmo vir para cá?

O menino hesitou, com um leve rubor nas faces. Olhou em torno e, depois, respondeu pausadamente:

— Se fosse sempre igual a esta noite, até que eu poderia. Mas não seria igual. Amanhã, na próxima semana, no próximo mês, no próximo ano, talvez em uma semana eu saberia que não deveria ter vindo.

Se Ruth Carew pensou que a festa da véspera de Ano-Novo foi o último esforço de Poliana para ajudar Sadie Dean, estava enganada. Na manhã do dia seguinte, Poliana começou:

— Fiquei tão alegre por tê-la encontrado de novo! Mesmo se eu não conseguir encontrar o Jamie verdadeiro para a senhora, encontrei alguém de quem a senhora pode gostar. A senhora vai ficar satisfeita de gostar de Sadie. Afinal, é uma maneira de amar Jamie.

A Sra. Carew prendeu a respiração e deu um pequeno suspiro de exasperação. Essa fé infalível em sua bondade de coração e a crença inabalável em seu desejo de "ajudar a todos" eram muito desconcertantes e, às vezes, irritantes. Ao mesmo tempo, era uma coisa muito difícil de negar — especialmente com os olhos felizes e confiantes de Poliana.

— Mas, Poliana — ela objetou impotente. Aquela moça, como você sabe, não é Jamie...

— Eu sei que ela não é Jamie — apressou-se em admitir Poliana. — Mas é o Jamie de alguém, quer dizer... ela não tem ninguém aqui, ninguém que possa zelar por ela, não é verdade? Assim, sempre que a senhora se lembrar de Jamie, ficaria feliz em ter alguém que pudesse ajudar, da mesma forma que deseja que haja alguém que ajude Jamie, onde quer que ele esteja.

A Sra. Carew estremeceu e não conteve um gemido:

— Oh!... Eu quero o meu Jamie.

— Eu sei — disse Poliana, com convicção. — A "presença da criança". O senhor Pendleton me falou a respeito. Mas a senhora tem a "mão da mulher".

— A mão da mulher?! Que quer dizer com isso?

— Para fazer um lar. Ele dizia que era preciso a presença de uma criança ou a mão de uma mulher para fazer-se um lar. Isso foi quando ele quis que eu ficasse em sua casa.

— Em vez disso encontrei Jimmy!

— Jimmy? — perguntou a Sra. Carew, com vaga expressão de esperança nos olhos, a mesma que lhe vinha sempre que ouvia qualquer variante daquele nome.

— Sim. Jimmy Bean.

— Ah, Bean! — Ruth acalmou-se.

— Jimmy estava num orfanato e fugiu. Ao conhecê-lo, ele me disse que queria outro tipo de casa com uma mãe, no lugar de uma diretora. Não pude lhe arranjar uma mãe, mas arranjei o senhor Pendleton, que o adotou. Agora ele se chama Jimmy Pendleton.

— Mas o sobrenome era Bean.

— Antes era Bean.

— Oh! — exclamou Ruth, suspirando.

A Sra. Carew esteve com Sadie Dean várias vezes nos dias que se seguiram à festa de fim de ano. Também viu Jamie. Dessa ou daquela maneira, Poliana conseguia fazer com que eles sempre aparecessem em sua casa. E por mais surpresa e contrariada que ficasse, ela não conseguia evitar que isso acontecesse. Seu consentimento e até mesmo seu deleite foram tomados por Poliana como algo tão natural que ela se viu impotente para convencer a menina de que nem aprovação nem satisfação entravam no assunto.

Na verdade, quisesse ela mesma entender ou não, Ruth Carew estava aprendendo muitas coisas — coisas que jamais teria aprendido nos velhos tempos e dizendo a Mary que não deixasse ninguém entrar. Aprendia como deve ser a vida de uma jovem solitária numa cidade grande, tendo de ganhar a vida e sem ninguém que se preocupasse com ela — a não ser aqueles que se preocupam em demasia.

— Que quis você dizer aquele dia, na loja, quando falou em ajudar as moças? — perguntou certa noite a Sadie Dean.

Sadie Dean corou aflitivamente:

— Acho que fui muito rude.

— Esqueça isso. Diga-me o que você quis dizer. Eu pensei nisso tantas vezes desde então...

Depois de guardar silêncio por algum tempo, a moça falou:

— Estava pensando numa jovem que conheci. Veio da minha cidade, era muito bonita e bondosa, mas não tinha muito juízo. Moramos juntas durante um ano, no mesmo quarto, cozinhando os ovos no mesmo bico de gás e jantando os mesmos bolos de peixe num restaurante barato. À noite, só podíamos passear pela avenida ou ir a um cinema, quando tínhamos dinheiro para isso. O resto do tempo ficávamos trancadas no quarto, que era quente no verão e bem frio no inverno. O gás, de tão fraco, quase não nos permitia ler ou costurar quando o acendíamos para iluminar o cômodo. Por cima de nossas cabeças havia uma tábua que rangia quando alguém pisava e, embaixo, morava um sujeito que aprendia a tocar corneta. A senhora já ouviu alguém aprendendo a tocar corneta?

— Acho que não — respondeu Ruth Carew.

— Então, não pode imaginar — disse Sadie, retomando sua história: — Às vezes, especialmente no Natal e nos feriados, costumávamos andar pela avenida e outras ruas, olhando as vitrines. A senhora compreende, vivíamos sozinhas e, naqueles dias, tínhamos vontade de frequentar casas onde pudéssemos conversar com outras pessoas, ver crianças brincando. Mas sabíamos que pensar nisso era pior, uma vez que não podíamos ter o que queríamos. Mais triste ainda era ver os automóveis cheios de pessoas felizes. A senhora entende: éramos jovens e queríamos nos divertir... Pois bem, pouco a pouco, minha amiga começou também a se divertir.

Depois de outra pausa, a moça prosseguiu:

— Bem, para encurtar a história, um dia, nós rompemos a parceria. E ela seguiu o seu caminho, e eu o meu. Eu não gostava de suas companhias e lhe disse isso francamente. Ela não iria desistir deles. Passei dois anos sem vê-la, até que recebi um bilhete e fui procurá-la. Faz um mês. Estava numa dessas casas de recuperação, um lugar agradável, com tapetes, quadros, folhagens, flores e livros, um piano, um bom quarto e tudo o mais. Mulheres ricas vinham em seus automóveis e carruagens a levavam para passear, ou para assistir a shows e matinês. Minha amiga estava aprendendo taquigrafia e lhe haviam prometido um emprego, logo que estivesse em condições de trabalhar. Todos eram generosos e queriam ajudá-la. Ela me contou isso tudo, mas disse outra coisa: "Sadie, se elas tivessem tido a metade do trabalho que tiveram e tivessem me ajudado há mais tempo, quando eu era uma moça honesta, que se preza e com saudade da família, não estariam precisando me ajudar agora." E a jovem balconista continuou:

— Nunca me esqueci disso. Não é que eu esteja me opondo ao trabalho de recuperação. É necessário. Só acho que seria muito melhor se essas senhoras manifestassem seu interesse um pouco mais cedo.

— Eu acho que há lares para as moças que trabalham, lugares apropriados... essas coisas — disse a Sra. Carew, com uma voz que poucas de suas amigas teriam reconhecido.

— Há, sim. A senhora conhece algum?

— Não. Só tenho contribuído para mantê-los — disse a Sra. Carew quase pedindo desculpas, enquanto Sadie sorria, cética.

— Eu sei. Muitas senhoras boas dão dinheiro para lugares assim e nunca viram o interior de qualquer um deles. Por favor, não pense que sou contra essas instituições. São quase a única ajuda que existe. Mas não passam de uma gota de água no oceano do que se precisa. Conheci uma delas, certa vez. Havia, ali, alguma coisa... senti alguma coisa... Que adianta dizer? Talvez não sejam assim, talvez a culpa fosse minha. Se eu lhe dissesse, a senhora não ia entender... nunca viu uma delas por dentro. Mas não posso deixar de pensar por que essas senhoras de bom coração não se empenham em evitar o que tratam, depois, de recuperar. Desculpe-me, eu não queria falar tanto. Mas foi a senhora que me perguntou:

— Sim, eu perguntei a você — disse a Sra. Carew em uma voz meio abafada, enquanto virou-se.

Não foi apenas com Sadie Dean que Sra. Carew aprendia o que jamais aprendera antes. Aprendia também com Jamie. Poliana gostava que ele a visitasse, e ele tinha o mesmo prazer. A princípio, hesitou: mas não tardou a eliminar suas dúvidas e a prolongar as visitas.

Frequentemente, Ruth Carew encontrava o rapaz e Poliana acomodados em poltronas perto da biblioteca, com a cadeira de rodas ao lado. Às vezes eles estavam debruçados sobre um livro (Ruth ouvira um dia Jamie dizer a Poliana que não se incomodaria muito de ser deficiente se tivesse tantos livros como a senhora Carew). Em outras ocasiões, ele contava histórias e Poliana ouvia, atenta, com olhos arregalados e absorvidos.

Ruth desconfiava do interesse de Poliana, até que um dia ela mesma parou para ouvir. Depois, não duvidou mais e se transformou também em ouvinte. Por mais incorreta que fosse a linguagem de Jamie, era sempre viva e pitoresca, tanto que Ruth Carew se viu, de mãos dadas com Poliana, trilhando os caminhos da Idade do Ouro, guiadas por um rapaz de olhos brilhantes.

Ruth começava a perceber, também, o que significava ser, no espírito e na ambição, o centro de atos de bravura e aventuras maravilhosas. De fato, um menino preso a uma cadeira de rodas. O que, entretanto, ela não compreendia era o papel que o rapazinho já desempenhava em sua própria vida. Não entendia como sua presença se tornava importante, nem como se interessava em descobrir alguma novidade "para Jamie ver". Nem ela percebeu como, dia a dia, ele se parecia mais com o Jamie perdido, o filho de sua irmã.

À medida que fevereiro, março e abril passaram, no entanto, e maio chegou, trazendo com ele a aproximação da data marcada para a volta de Poliana para casa. De súbito, Ruth Carew entendeu que aquilo significava para ela.

Ficou espantada e horrorizada. Até então, acreditava que ficaria feliz com a partida de Poliana, que a casa seria outra vez tranquila, que ela mesma ficaria em paz, podendo de novo esconder-se do mundo chato e cansativo. Que iria, enfim, poder ficar pensando apenas no adorado sobrinho desaparecido. Tudo isso ia acontecer, quando Poliana fosse embora.

Agora que Poliana ia realmente partir, o cenário se modificava. A casa tranquila ameaçava tornar-se sombria e insuportável. A tão almejada "paz" seria uma "maldita solidão" e, quanto "se esconder do mundo chato e cansativo" e pensar somente no sobrinho desaparecido, era duvidoso que algo pudesse apagar a lembrança do novo Jamie (que talvez fosse o antigo Jamie), com seu olhar suplicante.

A Sra. Carew sabia que, sem Poliana, sua casa ficaria vazia e que, sem Jamie, seria ainda pior. A certeza não agradava ao seu orgulho. Antes, era uma tortura para seu coração, já que o menino, por duas vezes, dissera que não queria ir para lá. Por algum tempo, nos últimos dias da permanência de Poliana, a luta foi amarga, sempre com a vitória do orgulho. Depois, quando soube que aquela seria a última visita de Jamie, o coração prevaleceu e, mais uma vez, ela pediu ao rapaz que viesse para sua casa, para ser, em sua vida, o Jamie que ela havia perdido.

Nunca se lembrou, depois, do que ela própria dissera. Mas jamais esqueceu as palavras do garoto, de resto bem poucas palavras.

Por um tempo que lhe pareceu muito longo, seus olhos procuraram o rosto dela:

— Sim! — exclamou. — Agora, a senhora quer mesmo que eu venha!

Capítulo XIV

Jimmy e o monstro de olhos verdes

Dessa vez, Beldingsville não recebeu Poliana com banda de música e bandeiras, talvez porque poucos habitantes da cidade sabiam a hora de sua chegada. Mas não faltaram alegres saudações por parte de todos, desde o momento em que ela desceu do trem com sua tia Poli e o doutor Chilton.

Poliana não perdeu tempo e tratou de procurar os velhos amigos. Nancy observou:

— Era difícil acompanhar ela: quando se chegava a um lugar, ela já tinha saído.

Por onde Poliana passava, ouvia a pergunta: "E então, gostou de Boston?" Talvez ela não tenha respondido mais claramente à pergunta do que quando respondeu ao senhor Pendleton:

— Gostei, sim. De alguma coisa.

— Não de tudo? — indagou Pendleton.

— Bem, houve coisas... Gostei muito de ter ido lá! — Poliana tratou de se corrigir. — O tempo em que estive lá foi maravilhoso, mesmo com tanta coisa estranha, o senhor sabe... assim como jantar fora de hora. Mas todos foram bons para mim e vi coisas maravilhosas: o Bunker Hill, o Jardim Público e os automóveis para "conhecer Boston", e quadros, estátuas, vitrines e ruas, além de gente. Nunca tinha visto tanta gente.

— Pensei que você gostasse de gente — comentou Pendleton.

— Eu gosto — Poliana franziu a testa novamente e ponderou. — Mas de que serve ver tantas pessoas se você não as conhece? E a Sra. Carew não me deixava conversar com elas, e ela mesma conhecia poucos. Dizia que ali as pessoas não se conheciam.

Houve uma pequena pausa e, suspirando, Poliana retomou:

— Eu acho que talvez essa seja a parte que eu não gosto, que as pessoas não se conhecem. Seria tão melhor se todos se conhecessem! Veja, Sr. Pendleton, há tantas pessoas que vivem em ruas estreitas e sujas, e que não têm nem feijões e bolinhos de peixe para comer, ou roupas doadas para vestir. E há pessoas como a Sr. Carew e outros que moram em lindas casas e têm tanto o que comer e vestir que mal sabem o que fazer com tudo aquilo. Se essas pessoas conhecessem umas as outras...

— Você nunca imaginou, minha filha — interrompeu o senhor Pendleton rindo —, que aquelas pessoas não fazem questão de conhecer as outras?

— Algumas fazem! — sustentou Poliana. — Sadie Dean, a balconista da loja que vende lindos laços em uma loja grande, tem vontade de conhecer outras pessoas. E eu a apresentei à Sra. Carew, levei-a à sua casa. Ela, Jamie e muitos outros. Como a senhora ficou alegre por conhecê-los, isso me fez pensar que muitas pessoas, como ela, podiam conhecer pessoas carentes. É claro que eu não podia levar todos os pobres à casa dela. Eu mesmo não conheço muitos assim... Mas se se conhecessem uns aos outros, os ricos podiam dar aos pobres uma parte do dinheiro que têm...

— Poliana! — exclamou o senhor Pendleton. — Você precisa ser cautelosa. Antes que perceba, vai acabar virando uma socialista raivosa!

— Virando o quê? — perguntou a mocinha, sem entender. — Eu não sei o que é socialista. Sei o que é sociável e gosto de gente sociável. Se ser socialista é coisa parecida, não me importo de ser.

— Não duvido — sorriu Pendleton. — Mas ao pensar nesse plano para distribuição da riqueza, você terá um problema em suas mãos difícil de resolver.

— Eu sei — concordou Poliana — a senhora Carew pensa assim também. Ela dizia que eu não entendo, que isso iria empobrecê-la. Não compreendo mesmo porque umas pessoas podem ter tanto e outras nada têm. Se algum dia eu tiver muito, daria boa parte aos pobres, ainda que isso me empobrecesse e...

Mas o Sr. Pendleton estava rindo tanto que Poliana, depois de um momento de luta, rendeu-se e riu com ele:

— Eu sei, minha filha. E acho também que ninguém entende. Diga-me uma coisa: quem é esse Jamie, de quem você fala tanto depois que voltou?

Ao falar de Jamie, Poliana perdeu seu olhar preocupado e perplexo. Gostava de falar sobre ele, era algo de que entendia. E, depois, não deveria o senhor Pendleton estar interessado em que a senhora Carew acolhesse o menor em sua casa, ele que compreendia a necessidade da presença da criança no lar?

Na verdade, Poliana falava com todo mundo sobre Jamie e imaginava que todos estivessem tão interessados quanto ela. Raramente se decepcionava com a reação das pessoas com quem conversava. Um dia teve uma surpresa. Veio através de Jimmy Pendleton:

— Me diga uma coisa — começou ele, irritado. — Será que não havia mais ninguém em Boston, só ele?

— Que é isso, Jimmy Bean? Que está querendo dizer? — perguntou Poliana.

— Não sou Jimmy Bean! — protestou o rapazinho. — Meu nome é Jimmy Pendleton. O que estou dizendo é que, pela sua conversa, parece que em Boston não existe mais ninguém, a não ser um garoto maluco que chama os pássaros e os esquilos de Lady Lancelote e coisas assim.

— Ouça bem, Jimmy Be... Pendleton! — respondeu Poliana. — Jamie não é maluco, é muito inteligente, sabe? E já leu muitos livros, conhece várias histórias e muitas ele mesmo inventa. E não é Lady Lancelote, é Sir Lancelote. Se você soubesse metade do que ele sabe, devia ficar contente!

Jimmy Pendleton conseguiu falar com dificuldade, enciumado e esforçando-se para disfarçar:

— Eu não gosto muito do nome dele, sabia? Jamie não parece nome de homem. E não sou eu somente, não. Conheço uma pessoa que também acha.

— E quem é? — Não houve resposta, e Poliana insistiu: — Quem é a tal pessoa?

— Meu pai — respondeu o rapazinho, com voz mal-humorada.

— Seu pai? — estranhou a mocinha. — Como é que conhece Jamie?

— Ele não conheceu. Não falava a respeito daquele Jamie. Era a meu respeito! — E calou-se, virando o rosto.

Apesar de tudo, sua voz adquirira certa ternura, como ocorria sempre que ele se referia ao pai.

— A seu respeito?

— Sim. Foi pouco antes da morte dele. Passamos quase toda uma semana numa fazenda. Papai e eu ajudamos com o feno. A mulher do fazendeiro era boa para mim e começou a me chamar de Jamie. Nem sei por quê. Um dia meu pai ouviu e ficou muito bravo, tanto que nem me lembro até hoje do que ele disse, ao certo. Falou que Jamie não era nome de homem e não admitia que seu filho fosse chamado assim. Acho que nunca o vi tão bravo como naquela noite. Mas ele e eu pegamos a estrada de novo naquela noite. Fiquei triste, pois gostava muito da mulher do fazendeiro. Ela foi boa comigo.

Poliana assentiu, demonstrando compaixão e interesse. Até porque raramente Jimmy contava alguma coisa da misteriosa vida passada dele. Quis saber:

— Que aconteceu depois? — Poliana se esqueceu, no momento, do assunto que dera origem à controvérsia: Jamie não pareceria nome de homem.

O menino suspirou:

— Andamos até chegarmos a outra fazenda — explicou. — E foi lá que meu pai morreu. Então me mandaram para o orfanato.

— E então você fugiu, e eu o encontrei naquele dia — completou Poliana. — E ficamos amigos, não é?

— É, e você me conhece desde então. — repetiu Jimmy — Só que eu não sou Jamie, você sabe — acrescentou.

Deu as costas acintosamente e se afastou, deixando Poliana aflita.

— Bom, posso ficar feliz porque sei que ele não é sempre assim — disse a menina para si mesma, enquanto observava tristemente o amigo se afastar com sua arrogância desagradável e surpreendente.

Capítulo XV

Tia Poli fica alarmada

Poliana já estava em casa há uma semana, quando a carta de Della Wetherby chegou à Sra. Chilton. Dizia assim:

Cara Sra. Chilton,

Gostaria de lhe contar o que sua sobrinha fez por minha irmã, mas talvez não consiga. A senhora a conheceu e deve ter notado o silêncio e a melancolia que a dominavam. Mas não pode fazer ideia da amargura em seu coração, da falta de interesse pela vida, de sua insistência em luto eterno. Então, apareceu Poliana. Não lhe disse antes, mas o fato é que minha irmã se arrependeu da promessa de ficar com a menina, quase no mesmo instante em que a viu — e estava disposta a mandá-la de volta, logo que Poliana começasse a dar conselhos. Pois bem, ela não deu conselhos, minha irmã me disse. Bem, acho melhor contar o que vi, quando fui visitá-la ontem. Nada poderia dar uma ideia melhor do que a sua maravilhosa Poliana conseguiu fazer.

Para começar, ao me aproximar da casa, vi que quase todas as cortinas estavam levantadas. No minuto em que entrei no corredor, ouvi música —

Parsifal. As salas estavam abertas e o ar adocicado de rosas.

"A senhora Carew e seu Jamie estão na sala de música", disse a criada. E lá estavam, ela e um rapazinho que acolheu em casa, diante de um desses aparelhos modernos de som, capazes de conter toda uma companhia de ópera, incluindo a orquestra.

O menino estava numa cadeira de rodas, pálido, mas feliz. Minha irmã parecia dez anos mais nova, com as faces rosadas e os olhos brilhantes. Depois de conversarmos alguns minutos com o rapazinho, eu e minha irmã fomos para o andar de cima e lá ela me falou de Jamie. Não do velho Jamie, como costumava falar, sempre lamentando, com os olhos molhados de lágrimas e sem esperança.

"Ele é maravilhoso, Della", começou. "Tudo o que há de melhor na música, artes e na literatura parece exercer sobre ele uma notável atração. Naturalmente, ele precisa de orientação. Estou cuidando disso. Amanhã vem aqui um preceptor. Mas ele já leu tantos livros que seu vocabulário é fantástico, e você precisa ouvir as histórias que ele pode contar! Sua cultura geral é deficiente, obviamente, mas tem muita vontade de aprender. Como gosta de música, vou convencê-lo a fazer um curso, o que ele escolher. Queria que você pudesse ver sua reação quando ouviu pela primeira vez aquela música do Santo Graal. Sabe tudo a respeito do Rei Artur e da Távola Redonda, e do séquito de cavaleiros, lordes e damas, tanto quanto nós sabemos a respeito de nossa família... Às vezes até me atrapalho: não sei se Sir Lancelote é o cavaleiro ou o esquilo do Jardim Público. Acredito, Della, que ele voltará a andar. Vou mandar o doutor Ames examiná-lo, e..." — disse minha irmã.

Ela falava, e falava, e eu, admirada e muda, me sentia feliz. Conto-lhe tudo isso, querida Sra. Chilton, para que a senhora veja quanto minha irmã está interessada no menino e quanto mudou sua maneira de encarar a vida. O que ela está fazendo em favor daquele menino é, na verdade, o mesmo que faz em seu próprio benefício. Estou certa de que jamais ela voltará a ser a mulher triste de antes.

E tudo por causa de Poliana! O melhor de tudo é que a mocinha não tem a menor ideia do que fez pela minha irmã. E não creio que Ruth esteja compreendendo perfeitamente o que se passa em seu próprio coração e em seu modo de viver. O que sei é que Poliana ignora o papel que representou nessa mudança.

Agora, senhora Chilton, como posso agradecer-lhe? Sabe que não posso e, assim, nem vou tentar. Acredito que, em seu coração, sabe quanto sou grata à senhora e a Poliana.

Della Wetherby

— Muito bem! — exclamou o doutor Chilton quando a esposa terminou a leitura. — Parece que houve uma cura completa.

— Por favor, Thomas! — Poli ergueu uma mão rápida e repreensiva.

— Que é isso, Poli? — indagou o médico. — Não está feliz porque o remédio fez efeito?

— Aí está você de novo! — disse Poli. — É claro que fico feliz sabendo que aquela mulher compreendeu que estava no caminho errado e tratou de corrigir-se. Mas não gosto de ver Poliana tratada como se fosse um frasco de remédio, uma "cura". Você não entende?

— Bobagem! Que mal há nisso? Chamei Poliana de tônico desde que a conheci, ora!

— Você tem de aceitar que ela está crescendo, Thomas. Quer mimá-la? Até agora Poliana tem estado totalmente inconsciente de seu poder extraordinário. E é aí que reside o segredo de seu sucesso. No momento em que ela se meter, conscientemente, a mudar o comportamento de uma pessoa, vai ficar insuportável. Deus me livre de que algum dia entre em sua cabeça a ideia de que ela é uma espécie de elixir para a humanidade pobre, doente e sofredora.

— Bobagem! — disse o médico, rindo. — Eu não me preocupo com isso.

— Mas eu me preocupo, Thomas.

— Lembre-se do que ela já fez, Poli! — argumentou o médico. Lembre-se da senhora Snow e de John Pendleton, de tantos outros que hoje são diferentes do que eram. E agora a senhora Carew. Foi Poliana quem fez isso tudo! Que Deus a abençoe!

— Eu sei que foi ela — assentiu Polly. — Só não quero é que Poliana saiba que foi ela! Bem, é claro que ela sabe, de certa forma. Sabe que lhes ensinou o jogo do contente, o que as tornou mais felizes. É uma brincadeira, um jogo que praticam juntos. Para você, eu admito que Poliana nos pregou um dos mais poderosos sermões que já ouvi, mas no momento em que ela souber disso...Bem, não quero que ela saiba, só isso. E agora vou lhe dizer que resolvi ir com você à Alemanha no outono. A princípio, pensei em não ir, não queria deixar Poliana. E não vou deixá-la agora. Vou levá-la comigo.

— Vai levá-la conosco? Está bem. Por que não?

— É necessário. Só isso. Além do mais, eu ficaria feliz em planejar ficar alguns anos, assim como você havia dito que gostaria. Quero ver Poliana longe, bem longe de Beldingsville por uns tempos. E quero que ela continue doce e intocada. E ela não colocará ideias tolas em sua cabeça se eu puder evitar. Por que, Thomas Chilton, iríamos querer que essa criança se torne uma pedante insuportável?

— Claro que não queremos — riu o médico. — Mas, de qualquer forma, não creio que coisa ou pessoa alguma consiga torná-la pedante e insuportável. Essa ideia de levá-la à Alemanha conosco me agrada bastante. Você sabe que só vim embora por causa de Poliana. Assim, quanto mais cedo voltarmos, melhor. Seria bom demorarmos lá algum tempo, para descansar e também estudar.

— Está resolvido, então! — E Poli suspirou satisfeita.

Capítulo XVI

A espera de Poliana

Em Beldingsville a excitação era geral. Nunca, desde que Poliana Whittier voltara do Hospital, *andando*, houve tantos comentários nas ruas ou nos fundos de quintais. Agora, também, era Poliana o centro do interesse. Mais uma vez, voltava ela para casa, uma Poliana diferente. A moça tinha agora vinte anos e, durante seis, passara os invernos na Alemanha e os verões viajando com o doutor Chilton e sua esposa. Somente uma vez, nesse período, estivera em Beldingsville, apenas durante um curto mês de verão, quando tinha dezesseis anos. Dessa vez, voltava para ficar. Ela e sua tia Poli.

O médico não estava com elas. Seis meses antes, a cidade havia ficado chocada e triste com a notícia de que o médico havia morrido repentinamente, e todos em Beldingsville esperaram que a senhora Chilton e Poliana voltassem imediatamente. Mas não voltaram. Soube-se que a viúva e a sobrinha continuariam no exterior por algum tempo: a senhora Chilton buscava distração e alívio para a sua tristeza.

Depois, vagos rumores, e rumores não tão vagos, começaram a correr pela cidade: nem tudo ia bem, financeiramente, para a senhora Poli Chilton. Certas ações de empresas ferroviárias de que o casal dispunha, depois de oscilarem bastante, tiveram uma queda violenta. Outros investimentos, segundo os boatos, estavam em condições precárias e dos imóveis pouco se poderia esperar. O médico jamais fora rico e tivera muitas despesas nos últimos anos. Assim, não causou surpresa em Beldingsville a notícia de que, seis meses depois da morte do médico, a senhora Chilton e Poliana estavam voltando para casa.

Mais uma vez a velha propriedade Harrington, por tanto tempo fechada e silenciosa, mostrava as janelas abertas e as portas escancaradas. Mais uma vez Nancy, agora senhora Timothy Durgin, varria e escovava a antiga casam, até que tudo ficou impecável.

— Não, não podem entrar — repetia Nancy aos amigos e vizinhos curiosos que pararam no portão, ou vinham com mais ousadia até as portas. — Minha sogra está com a chave e veio ver se tudo está arrumado. A senhora Chilton escreveu dizendo que ela e a senhorita Poliana chegam na próxima sexta-feira, e mandou arejar a casa, deixando, depois, a chave debaixo do tapete.

E Nancy pensava consigo mesma: "Imagine, deixar a chave sob o tapete! As duas entrarem na casa sozinhas e eu em minha própria casa, a somente um quilômetro de distância, sentada como se não tivesse coração! Coitadas! Voltarem sem o doutor Chilton, que Deus o tenha. E sem dinheiro! É possível uma coisa dessas? Já imaginaram Poli, quer dizer, a senhora Chilton pobre? Parece impossível!"

Talvez com ninguém Nancy tenha falado com tanto interesse quanto com um rapaz alto e bonito, com olhos peculiarmente francos e um sorriso particularmente cativante, que galopou até a porta lateral em um vigoroso puro-sangue às dez horas daquela manhã de quinta-feira. E jamais falou com tanto embaraço, pois chegou a gaguejar, ao terminar:

— Seu Jimmy... Senhor Bean... quer dizer, senhor Pendleton... Seu Jimmy!

— Não se preocupe, Nancy. — O rapaz não conteve o riso. — Fale como for mais fácil! Já ouvi o que queria saber: a sra. Chilton e sua sobrinha realmente estarão chegando amanhã.

— Sim, senhor, chegam sim — confirmou Nancy. — Mas que pena! Bem, é claro que estou alegre com o regresso delas, mas, entende, é a maneira como estão voltando.

— Eu entendo — assentiu o jovem, sério, olhando para a casa. — Bem, suponho que essa parte não pode mudar. Fico feliz que esteja aqui Nancy. Isso as ajudará muito. — disse ele com um sorriso enquanto se virava e galopava de volta pela estrada.

Voltando à porta, ela olhou para o cavalheiro que se afastava e murmurou consigo mesma:

— Não me admira que o Sr. Jimmy não tenha demorado a perguntar pela senhorita Poliana. Sempre achei que isso ia acabar acontecendo. Ele é um moço atraente. Tenho fé em Deus que tudo vai dar certo. Que diferença daquele Jimmy Bean de antes! Nunca vi uma pessoa mudar tanto! — com um último olhar para as figuras do cavalo e do homem que desapareciam rapidamente longe na estrada.

Pensamento igual deve ter ocorrido a John Pendleton, naquela mesma manhã, quando, da varanda de sua grande casa, via aproximar-se o mesmo cavaleiro. Seus olhos tinham uma expressão semelhante à dos olhos de Nancy e, enquanto o jovem corria a caminho do estábulo, um comentário escapou de seus lábios:

— Ah! Que belo par!

Cinco minutos depois, Jimmy contornava a casa e subia a escada que levava à varanda.

— E então, é verdade? — perguntou Pendleton, interessado. — Elas estão vindo?

— Sim.

— Quando?

— Amanhã — disse o moço, sentando-se numa cadeira.

Diante da concisão nítida da resposta, John Pendleton franziu a testa. Olhou para o rapaz, hesitou um pouco e perguntou:

— Qual é o problema, meu filho?

— Problema? Nenhum, senhor.

— Bobagem! Você saiu daqui uma hora atrás tão ansioso que cavalos selvagens não poderiam ter lhe segurado. Agora você se senta corcunda na cadeira e parece que cavalos selvagens não conseguiriam tirar você dela. Se não te conhecesse, diria que não está contente com a chegada das nossas amigas.

Pendleton fez uma pausa, esperando por uma resposta. Mas, não houve nenhuma.

—E então Jimmy? Não está contente com a chegada delas?

— Claro que estou. — O rapaz sorria, nervosamente.

— Ha! Dá pra ver...

O jovem riu novamente. Um vermelho juvenil corou seu rosto.

— Bom, é só que eu estava pensando... em Poliana.

— Poliana! Você não tem feito outra coisa senão tagarelar sobre Poliana desde que veio de Boston e ficou sabendo que ela vai voltar. Pensei que estivesse morrendo de vontade de vê-la.

O rapaz inclinou-se para a frente com uma curiosa determinação.

— É exatamente isso! Vê? Você disse isso há um minuto. É como se ontem os cavalos selvagens não me impediram de ver Poliana; e hoje, quando eu sei que ela está vindo — eles não poderiam me arrastar para vê-la.

— Ora, Jim!

Em face da incredulidade de Pendleton, o rapaz se encostou novamente na cadeira com uma risada envergonhada.

— Sim, eu sei.Parece loucura e nem sei se o senhor vai entender. Mas, de alguma forma, eu não acho que... eu queria que a Poliana tivesse crescido. Ela era tão encantadora, do jeito que era.! Gosto de pensar nela como estava na última vez que a vi, com seu rostinho sardento, as tranças louras, e em uma voz chorosa dizendo "Sim, estou alegre de ir, mas acho que vou ficar mais alegre ainda quando voltar". Foi a última vez que a vi. O senhor sabe que estávamos no Egito quando ela esteve aqui, há quatro anos.

—Eu sei. Entendo exatamente o que você está querendo dizer — retrucou John Pendleton. — Eu acho que também me sentia da mesma forma, até me encontrar com ela em Roma, no inverno passado.

O rapaz virou-se ansiosamente.

— Então, o senhor a viu! Fale-me sobre ela.

Um brilho astuto surgiu nos olhos de John Pendleton.

— Pensei que você não ia se interessar por Poliana depois que ela ficou moça — disse Pendleton.

— Ela está bonita? — quis saber Jim.

—Ah, rapazinho! — replicou Pendleton, fingindo-se escandalizado. — Sempre a primeira pergunta: "Ela é bonita?"!

—Bem, ela é? — insistiu o jovem.

— Eu vou deixar você julgar por si mesmo. Pensando bem, acho que vou falar; você pode ficar muito desapontado. Poliana não é bonita... no que diz respeito a feições, cabelos e covinhas. Na verdade, até onde sei, a grande contrariedade na vida daquela moça é a certeza que ela tem de que não é bonita. Há muito tempo, ela me disse que teria cabelos negros e cacheados quando chegasse ao Paraíso. E no ano passado, em Roma, ela me disse outra coisa. Não foi muito, talvez, no que diz respeito às palavras, mas detectei o desejo nas entrelinhas. Ela disse que tinha vontade que alguém escrevesse um romance cuja heroína tivesse cabelos lisos e sardas no nariz, mas que ela achava que deveria estar feliz que as garotas dos livros não precisavam tê-los.

— Isso soa como a velha Poliana.

—Ah, você ainda irá vê-la, a antiga Poliana— disse Pendleton com um sorriso misterioso. — Além do mais, eu acho que ela é bonita. Seus olhos são adoráveis. Ela é a imagem de saúde. Ela é cheia de uma alegria jovial e seu rosto se ilumina tão maravilhosamente quando fala, que a gente se esquece até de ver se suas feições são regulares ou não.

— Ela ainda... joga o jogo?

John Pendleton sorriu carinhosamente.

—Eu imagino que ela ainda o joga, mas não fala muito a respeito disso. Pelo menos, não falou comigo nas duas ou três vezes em que estive com ela.

Houve um curto silêncio, e então, devagar, o jovem disse:

— Eu acho que isso era uma das coisas que me preocupavam. Aquele jogo tem significado tanto para tantas pessoas. Significa muito em todo lugar, pela cidade toda! Não posso me conformar que ela tenha desistido dele, que não o jogue mais. Ao mesmo tempo, não posso imaginar uma Poliana já adulta e aconselhando os outros a descobrir como ficarem felizes. De alguma forma, eu... bem, como eu disse, eu... eu só não queria que Poliana crescesse, afinal.

— Bom, eu não me preocuparia com isso — deu de ombros o velho Pendleton, com um sorriso peculiar. — Você sabe que, com Poliana, sempre era o "banho de esclarecimento", literal e figurativamente. Acho que você descobrirá que ela segue este mesmo princípio agora, embora talvez não exatamente da mesma forma. Pobre criança, temo que ela irá precisar de algum tipo de jogo para tornar a existência suportável, pelo menos por um tempo.

— Você quer dizer porque a Sra. Chilton perdeu seu dinheiro? Elas estão tão pobres assim?

— Suspeito que sim. Na verdade, eles estão em péssimas condições quando se trata de dinheiro, até onde sei. A fortuna da sra. Chilton encolheu inacreditavelmente, e o patrimônio de Tom é bem pequeno e irremediavelmente cheio de dívidas incobráveis; serviços profissionais nunca pagos, e que nunca serão pagos. Tom não sabia dizer não quando lhe pediam ajuda, e os caloteiros da cidade sabiam disso e se aproveitaram. As despesas têm estado pesadas para ele ultimamente. Ele esperava ganhar um bom dinheiro quando concluísse esse trabalho especial na Alemanha. Naturalmente ele supôs que sua esposa e Poliana eram mais do que amplamente providas pela propriedade Harrington, então ele não tinha preocupações nesse sentido.

— Hum, entendo. Que pena, que pena!... — murmurou Jimmy.

—Mas isso não é tudo. Dois meses depois que Tom faleceu, quando estive com a senhora Chilton e Poliana em Roma, a viúva se encontrava num estado penoso. Além do luto pela morte do marido, ela apenas começava a se dar conta da situação precária de suas finanças, e estava desesperada. Ela se recusava a voltar para casa, declarou que nunca mais queria ver Beldingsville ou qualquer um de seus moradores novamente. Veja bem, ela sempre foi uma mulher peculiarmente orgulhosa e tudo isso a estava afetando de uma forma muito curiosa. Poliana me disse que sua tia parecia possuída pela ideia de que o povo de Beldingsville não aprovara seu casamento com o doutor Chilton desde o princípio, por causa da idade dela, e, agora que o marido morrera, achava que iria enfrentar aqui a mais completa falta de solidariedade com qualquer sentimento de luto que ela possa demonstrar. Ela também ressentia profundamente o fato de que agora eles devem saber que além de viúva, ela também era pobre. Resumindo, ela se colocou em um estado totalmente mórbido e miserável, tão irracional quanto era terrível. Pobre Poliana! Fiquei maravilhado com como ela resistiu. Se a senhora Chilton continuou e continua daquela forma, aquela menina estará destroçada. É por isso que eu disse que Poliana precisaria de algum tipo de jogo mais do que qualquer outro.

— Que pena! E pensar em algo assim acontecendo com Poliana! — exclamou o jovem Pendleton, com a voz pouco firme.

— Você pode ver que as coisas não estão bem pelo modo como estão voltando, as duas, tão silenciosamente, sem uma palavra para ninguém. Sou capaz de jurar que é isso mesmo que a senhora Chilton está querendo. Sei que ela não escreveu para ninguém, a não ser para a senhora Durgin, que está com as chaves da casa.

— Nancy me disse. Ela abriu a casa inteira, que mais parece o túmulo das esperanças e prazeres perdidos. O terreno está bem-cuidado pelo velho Tom. É de cortar o coração... Mas acho que elas não podem chegar sem ter ninguém para recebê-las.

— Eu vou à estação.

— Quer dizer que sabe em que trem elas chegam?

— Não sei. Nem Nancy sabe.

— Como é que vai fazer, então?

— Vou para lá, pela manhã, e espero todos os trens que chegarem — disse o rapaz. — Timothy também vai, com o carro da família. Chegam muitos trens por dia.

— Bem... — disse John Pendleton. — Admiro sua coragem, mas não o seu julgamento. Estou feliz que você vai seguir sua coragem e não seu julgamento, no entanto — e desejo-lhe boa sorte.

— Obrigado — agradeceu Jimmy. — Preciso mesmo de seus bons desejos.

Capítulo XVII

A chegada de Poliana

Enquanto o trem se aproximava de Beldingsville, Poliana observava a angústia da sua tia. A Sra. Chilton estava ficando cada vez mais inquieta e sombria; e Poliana estava com medo do momento em que chegassem na estação. Quando Poliana olhou para sua tia, seu coração doeu. Incrível como alguém podia mudar e envelhecer tanto em seis meses. Os olhos da Sra. Chilton tinham perdido o brilho, as faces estavam sem cor, a testa enrugada, a boca caída nos cantos dos lábios e o cabelo, formava um coque frouxo, para trás da maneira imprópria que tinha sido quando Poliana a viu pela primeira vez. O vigor e a disposição que lhe tinham vindo com o casamento haviam desaparecido, fazendo com que reaparecesse a antiga dureza do tempo em que ainda era a senhorita Poli Harrington, sem amor.

— Poliana! — A voz de Poli Chilton era incisiva.

A moça estremeceu, com uma sensação de culpa, e a sensação de que a tia lera seus pensamentos. Perguntou:

— O que é, titia?

— Onde está a maleta preta?

— Está aqui.

— Então, tire o meu véu preto. Estamos chegando.

— Mas está fazendo muito calor!

— Poliana, estou lhe pedindo o véu preto! Se você fizesse sempre o que lhe peço, seria bem mais fácil. Você acha que eu vou dar a essa gente de Beldingsville a chance de ver a minha aparência?

— Ora, titia, ninguém vai nos aborrecer — protestou Poliana, tirando o véu da maleta. — Depois, não deve haver ninguém na estação à nossa espera. Eu não disse a ninguém que estávamos vindo, você sabe...

— Eu sei. Mas mandamos dizer à velha Durgin para arejar a casa e deixar a chave embaixo do tapete. Acha que Mary Durgin guardou essa informação para ela mesma? Metade da cidade já deve saber que chegamos hoje, e haverá no mínimo dez pessoas na estação. Conheço essas pessoas! Vão querer saber como está a pobre Poli Harrington.

— Por favor, titia! — implorou Poliana, com lágrimas nos olhos.

— Se ao menos eu não estivesse tão sozinha! Se Thomas ainda estivesse comigo... — começou Poli, logo cortando a frase para indagar: — Onde está o véu? — ela engasgou com a voz rouca.

— Está aqui, titia — consolou Poliana, cuja único objetivo agora, claramente, era colocar o véu nas mãos de sua tia. — Queria muito ver o velho Tom ou Timothy na estação.

— Para que nos levassem até em casa de carruagem, como se ainda tivéssemos condições de manter cavalos e carruagens? Sabemos que teremos de vender tudo isso amanhã. Não, Poliana. Prefiro tomar o transporte público.

O trem deu uma parada brusca e ruidosa.

— Eu sei... — disse Poliana.

Quando as duas desceram do trem, Poli, em seu véu, não olhava nem para a direita nem para a esquerda. Mas Poliana teve de se voltar em várias direções, sorrindo e cumprimentando. De repente, viu-se diante de um rosto que lhe parecia conhecido e, ao mesmo tempo, parecia que não era. Então, exclamou:

— Não pode ser! É Jimmy! — E estendeu a mão. — Bem, acho que devo dizer senhor Pendleton. — E deu um sorriso tímido. — Está tão alto e elegante!

— Como está, Poliana? — A seguir, o rapaz se voltou para cumprimentar a senhora Chilton. Esta, porém, já andava à sua frente, e Jimmy tornou a se dirigir a Poliana: — Por aqui. Timothy está esperando, com a carruagem.

— Oh, que bom da parte dele! — disse Poliana, olhando preocupada para a tia, que seguia na frente, o véu lhe tapando o rosto. — Titia — falou, tocando timidamente no braço de Poli —, Timothy está aqui e trouxe a carruagem. Venha, titia. Este é Jimmy Bean. Lembra-se dele?

Em seu nervosismo, Poliana nem notou que chamava o amigo pelo nome de menino. A senhora Chilton, entretanto, percebeu. Com hesitação, virou-se para o rapaz e, inclinando a cabeça, disse:

— Foi muita gentileza, Sr. Pendleton, ter vindo nos receber. Lamento ter dado todo esse trabalho ao senhor e a Timothy — disse Poli friamente.

— Nenhum problema! — respondeu o jovem. — E agora, se a senhora quiser me entregar os bilhetes, vou retirar sua bagagem.

— Obrigada, acho que podemos... — começou Poli Chilton.

Mas com um aliviado "Muito obrigada!", Poliana já entregara os bilhetes ao rapaz. E a dignidade exigia que a Sra. Chilton não dissesse mais nada. O trajeto até a casa foi feito em silêncio. Um tanto magoado com a fria recepção que tivera de parte da antiga patroa, Timothy sentou-se na frente, tenso e ereto, com os lábios apertados. Poli Chilton, depois de um frio "Está bem, menina, vamos para casa", voltara à habitual rispidez. Poliana, porém, nada tinha de tensa ou de ríspida e, com olhos ternos, ainda que lacrimosos, contemplava com emoção cada trecho do caminho que percorriam. Só se manifestou para dizer:

— Jimmy está muito bem, não é mesmo? Como melhorou! Os olhos e o sorriso são muito bonitos, não acha? — Esperou algum comentário, mas, como nada ouviu, contentou-se em murmurar, ela mesma: — Eu acho que são.

Timothy ficara muito magoado e com muito medo de contar à Sra. Chilton o que esperar em casa. Assim, as portas escancaradas e as flores espalhadas pelos cantos, além da recepção de Nancy à entrada, foram para ela e para Poliana uma surpresa completa.

— Que lindo, Nancy! — exclamou a moça, descendo da carruagem. — Veja, titia, Nancy está aqui. E note como ela organizou tudo, olhe que beleza!

A voz de Poliana estava decididamente alegre, embora tremesse audivelmente. Era difícil não demonstrar emoção, ao voltar àquela casa, para sempre privada da presença do médico querido. E se a saudade tanto amargurava, era fácil entender o que estaria sentindo sua tia. Poliana sabia que o que a tia mais temia era demonstrar seu desespero diante de Nancy. Por trás do véu negro, seus olhos estavam semicerrados e os lábios tremiam. A moça sabia que, para disfarçar isso, sua tia aproveitaria a primeira oportunidade para ter uma explosão de raiva e, assim, evitar que desconfiassem de que tinha o coração despedaçado. Não se surpreendeu quando ouviu Poli, depois de cumprimentar Nancy com frieza, acrescentar com rudeza:

— É claro que tudo isso foi muito gentil, Nancy. Mas eu preferia que você não tivesse feito isso.

— Ora, senhora Poli... quero dizer, senhora Chilton, achei que não podia deixar a senhora... — disse Nancy.

— Está bem, está bem — interrompeu Sra. Chilton. — Não quero mais falar nisso. — E, levantando a cabeça, subiu para o quarto.

Logo a seguir ouviu-se a batida da porta de seu quarto, no andar de cima. Nancy ficou desapontada:

— Senhorita Poliana, o que é isso? Que foi que eu fiz? Pensei que ela fosse gostar. Fiz apenas o que devia!

— E fez muito bem, Nancy — disse Poliana, tirando um lenço da bolsa para enxugar as lágrimas. — Tudo está lindo!

— Mas ela não gostou.

— Gostou, sim. Só não quer admitir. Ficou com medo de demonstrar... outras coisas e... Ora, Nancy! Estou tão alegre que sinto vontade até de chorar. — E, sem poder conter-se, Poliana chorou no ombro de Nancy.

— Calma, minha filha — murmurou Nancy, afagando a moça com uma das mãos, enquanto com a outra erguia o avental para secar suas próprias lágrimas.

— Você sabe — disse Poliana. — Eu não podia chorar na frente dela. E foi difícil chegar aqui. Sei o que ela sente.

— Eu também, coitada! — admitiu Nancy. — E fui fazer logo o que ela não queria que fosse feito!

— É claro que queria. Só não quis que vissem como está abatida... por causa do marido. Fez a mesma coisa comigo, sabia?

— É uma pena... — compadeceu-se Nancy. — Mas estou contente de ter vindo por sua causa.

— E eu também. — Poliana afastou-se, enxugando os olhos. — Agora estou melhor. E muito obrigada, Nancy, você foi um anjo. Não precisa se preocupar mais conosco. Pode ir, quando quiser.

— O quê?! Pensei que ia ficar para fazer o serviço.

— Ora, Nancy. Você está casada e precisa cuidar de Timothy, ou já se esqueceu disso?

— Mas ele não se incomoda, quer que eu fique trabalhando aqui.

— Não podemos manter você, Nancy — disse Poliana. — Eu mesmo me encarrego de tudo, até sabermos como ficarão as coisas. Temos de economizar, como diz tia Poli.

— Não faço questão de dinheiro... — começou Nancy a dizer, mas parou diante da expressão no rosto de Poliana e, apressadamente, foi cuidar de seu frango com creme no fogão.

Depois do jantar, e quando tudo ficou arrumado, a senhora Timothy Durgin concordou em ir embora, em companhia do marido. E o fez com relutância e pedindo com muitas súplicas que a deixassem vir de vez em quando, só para ajudar.

Depois que Nancy foi embora, Poliana entrou na sala onde a Sra. Chilton estava sentada sozinha, com a mão sobre os olhos.

— Como é, titia? Posso acender a luz? — perguntou a moça.

— Pode, sim.

— Nancy foi muito gentil arrumando tudo direitinho, não?

Não houve resposta.

— Só não sei onde foi que ela arranjou essas flores — insistiu Poliana. — Espalhou flores por todas as salas e nos dois quartos, também.

O mesmo silêncio. Poliana suspirou e voltou a insistir:

— Estive com o velho Tom no jardim. O pobrezinho está cada vez pior do reumatismo. Anda curvado, parece dobrado no meio.Perguntou muito pela senhora.

Poli Chilton a interrompeu, bruscamente:

— Que é que vamos fazer, Poliana?

— Que vamos fazer? O melhor que pudermos, é claro, querida.

— Ora, Poliana! — Seja séria pelo menos uma vez na vida! Ou não acha que a situação é complicada? O que nós vamos fazer? Meus rendimentos estão reduzidos a quase nada. É claro que ainda tenho algumas coisas valiosas, mas o senhor Hart diz que não encontraria compradores imediatamente. Temos um pouco de dinheiro no banco e alguma coisa a receber. E temos esta casa. Mas de que adianta a casa? Não podemos mantê-la. É grande demais para nós. E não conseguiremos vendê-la nem pela metade do que vale, a menos que encontrássemos alguém que quisesse realmente comprá-la.

— Não, titia! Vender a casa, não! — protestou a moça. — Esta casa tão bonita, coisas adoráveis!

— Talvez eu precise, Poliana. Precisamos comer...

— Eu sei... — lamentou-se Poliana, com um sorriso triste. — Eu mesma como em excesso. Mas fico alegre por ter tanto apetite.

— Você sempre acha algo para se sentir alegre, não é? Mas o que vamos fazer, minha filha? Eu gostaria que você falasse sério por um minuto.

— Estou séria, tia Poli — disse Poliana, com visível alteração em sua fisionomia. — Estou pensando. Acho que posso trabalhar para ganhar algum dinheiro.

— Menina, nem quero ouvir isso! — reagiu Poli Chilton. — Uma moça da família Harrington ter de trabalhar para comer?!

— E daí? A senhora devia até ficar satisfeita se uma moça da família Harrington for esperta o suficiente para ganhar seu pão! Isso não é nenhuma vergonha, tia Poli.

— Talvez não seja... Mas não é agradável para o orgulho, para a posição que sempre ocupamos em Beldingsville.

— Se eu tivesse algum talento! — Se eu soubesse fazer alguma coisa melhor do que qualquer pessoa! Sei cantar um pouco, bordar um pouco e cerzir um pouco, mas nada disso faço bem ou suficientemente bem para ganhar dinheiro... — Ficou pensativa algum tempo e, depois, comentou: — O que mais gosto é cozinhar e arrumar a casa. Lembra-se de como eu gostava disso, nos invernos que passamos na Alemanha, quando Gretchen não aparecia? Só não quero é ir para a cozinha de outras pessoas.

— Como se eu se eu deixasse, Poliana! — exclamou a tia, estremecendo.

— É claro que trabalhando em nossa cozinha não ia me fazer ganhar dinheiro. E é de dinheiro que precisamos agora.

— De fato... — concordou Poli, suspirando.

Houve um longo silêncio, finalmente quebrado por Poliana:

— Pensar que, depois de tudo o que a senhora fez por mim, titia... Se eu tivesse oportunidade de ajudá-la... Mas não tenho. Oh, por que não nasci com algum talento?

— Ora, minha filha! Naturalmente, se Thomas...

— Não se preocupe, tia! — exclamou Poliana, ficando de pé e erguendo a cabeça, numa completa mudança de atitude. — Talvez eu possa mostrar um talento maravilhoso. Quem sabe? Depois, acho que tudo isso é excitante. Há muita incerteza em tudo. E é divertido querer as coisas e esperar que elas aconteçam. Viver sempre sabendo o que vai acontecer é tão... tão monótono! — concluiu, dando uma risadinha.

A senhora Poli Chilton, entretanto, não sorriu. Deu um suspiro e disse:

— Meu Deus, Poliana, que criança você é!

Capítulo XVIII

Uma questão de adaptacão

Os primeiros dias em Beldingsville não foram fáceis para a Sra. Chilton e para Poliana. Foram dias de adaptação. Depois da agitação da viagem, tinham de prestar atenção para o preço da manteiga e para a esperteza do açougueiro. Havia sempre um problema à espera de solução.

Vizinhos e amigos apareceram e, embora Poliana os recebesse com cordialidade, a senhora Chilton se desculpava, sempre que podia, queixando-se à sobrinha:

— É só a curiosidade de ver como é Poli Harrington pobre...

Do médico a Sra. Chilton raramente falava, mas Poliana sabia que ela não o tirava nunca do pensamento: na maior parte das vezes, sua taciturnidade era apenas seu manto habitual para uma emoção mais profunda que ela não queria mostrar.

A moça esteve algumas vezes com Jimmy Pendleton durante o primeiro mês. Logo no começo, ele apareceu com John Pendleton para uma visita cerimoniosa, isto é, cerimoniosa depois que a senhora Chilton entrou na sala. Fosse qual fosse o motivo, daquela vez Poli decidiu receber os visitantes. Depois, Jimmy apareceu sozinho, uma vez trazendo flores, outra um livro para Poli e duas vezes sem desculpa nenhuma. Poliana o recebia com o prazer de sempre. Depois da primeira visita, Poli não o viu mais.

Com a maioria dos amigos Poliana pouco falava da situação em que se encontravam. Mas com Jimmy conversava livremente e seu comentário era sempre o mesmo:

— Se eu pudesse fazer alguma coisa para ganhar dinheiro! Estou me transformando na criatura mais mercenária que já vi! — brincou tristemente. — Sempre calculava tudo em dólares, e agora faço as contas em centavos. Tia Poli se sente tão pobre!

— É uma pena! — exclamou Jimmy.

— Sei disso — concordou Poliana. — Mas, honestamente, acho que ela se sente um pouco mais pobre do que é. Só pensa nisso. O que posso fazer para ajudá-la!

— Que é que você gostaria de fazer... se pudesse? — indagou Jimmy, abalado.

— Ora, cozinhar e cuidar da casa. Gosto de bater ovos com açúcar, de ouvir o bicarbonato borbulhar numa xícara de coalhada. Gosto de fazer bolos. Mas nada disso dá dinheiro, exceto se for cozinhar na casa dos outros. E para isso não me sinto disposta.

— Claro — disse Jimmy, olhando para o expressivo rosto que tinha bem perto de si e dizendo, ligeiramente corado: — Bem, é claro que você pode... casar. Já pensou nisso?

Poliana deu uma risada. A voz e os modos eram inconfundivelmente os de uma garota intocada até mesmo pelo mais longo alcance dos dardos do Cupido.

— Não penso em me casar. Em primeiro lugar, não sou bonita, você sabe. E, depois, tenho de cuidar de tia Poli, não é?

— Não é bonita, hein? — E Jimmy sorriu, intrigado — Já imaginou que possa haver opinião contrária a esse respeito, Poliana?

— Não pode haver. Afinal, tenho um espelho.

“Em qualquer outra garota teria sido coquetismo” — pensou Pendleton. Mas bastava olhar para o rosto de Poliana para se saber que, em seu caso, não era. De repente, ele compreendeu por que Poliana era diferente de todas as moças que conhecia. Ainda fazia parte dela algo de sua maneira antiga de encarar as coisas.

— Por que diz que não é bonita? — perguntou.

Ao fazer a pergunta, e certo de que conhecia bem o caráter de Poliana, o jovem quase se arrependeu. Não pôde deixar de pensar que qualquer outra moça ficaria magoada com aquela confissão de que aceitava o fato de não se achar bonita. Mas o que lhe disse Poliana mostrou que seu receio não tinha fundamento:

— Por quê? Ora, simplesmente porque não. Talvez você não se lembre, mas quando eu era menina sempre achei que uma das boas coisas que o céu me daria quando eu chegasse lá seriam cabelos negros e cacheados.

— É o que ainda deseja, Poliana?

— Talvez não. — A moça hesitou um pouco. — Continuo gostando de cabelos negros e cacheados. Mas não tenho cílios compridos, e o meu nariz não é grego ou romano...É só um nariz comum. Tenho o rosto curto ou comprido, até me esqueci. Eu o medi uma vez, para me comparar com um desses padrões de beleza, e vi que é meio torto. Dizem que a largura do rosto deve ser igual a quatro vezes o tamanho dos olhos e a largura dos olhos igual a... Nem me lembro mais a quê... O fato é que não é o meu caso.

— Nossa! Que imagem lúgubre! — brincou Jimmy, perguntando depois de se fixar nos expressivos olhos da moça: — Você já se viu no espelho quando fala, Poliana?

— Claro que não, ora!

— Pois devia.

— Que ideia engraçada! — exclamou Poliana, rindo. — Imagine só! E o que eu devia falar? Uma coisa assim, talvez: — Poliana, se seus cílios não são compridos e seu nariz não tem estilo, você deve ficar muito contente, porque, afinal de contas, tem cílios e nariz!

Pendleton juntou-se à risada dela, mas uma expressão estranha surgiu em seu rosto e ele disse, um tanto hesitante:

— Quer dizer que continua a fazer o jogo do contente?

— Claro, Jimmy! — Poliana o olhou com espanto. — Acho que não poderia ter vivido, nos últimos seis meses, se não fosse por aquele jogo abençoado. — E sua voz tremia um pouco.

— Você não me falou disso — observou o rapaz.

— Eu sei. — Poliana ficou pálida. — Acho que estou com medo de falar demais com pessoas que não se importem. Agora que tenho vinte anos não seria a mesma coisa, para mim, como no tempo em que eu tinha dez. As pessoas não gostam de conselhos.

— É isso mesmo — concordou o rapaz. — Mas, às vezes, fico pensando se você realmente entendeu aquele jogo ou o que ele significa para aqueles que o jogam.

— Eu sei o que ele fez por mim mesma — falou Poliana em voz baixa, olhando para o outro lado.

— Realmente, ele dá resultado, se você o joga. Alguém certa vez disse que o jogo revolucionaria o mundo se todos o praticassem. Eu acredito nisso.

— Está certo. Mas algumas pessoas não querem ser revolucionadas — afirmou Poliana. — No ano passado, conheci na Alemanha um homem que havia perdido todo o seu dinheiro. Alguém tentou reanimá-lo, dizendo: "O que é isso? As coisas podiam ser piores!" Pois em vez de consolar-se, o homem ficou nervoso. E disse: "Se há alguma coisa no mundo que me dá raiva é alguém me dizer que as coisas podiam ser piores e que devo ficar feliz com o que me resta. Não tolero essa gente que sofre e sai rindo, dizendo que é grato porque ainda pode respirar, comer ou andar. Não quero respirar, comer ou andar só para continuar nesta situação. E quando me dizem que devo ser grato por um idiota como esse, isso me dá vontade de sair e atirar em alguém!" Imagine se eu tivesse ensinado o jogo do contente àquele homem!

— Eu não me importo, acho que ele estava precisando muito de você — disse Jimmy, sorrindo.

— Mas não me teria agradecido o ensino.

— Suponho que não. Mas, escute! Aquele homem, com sua filosofia e esquema de vida, fazia a infelicidade dele mesmo e dos outros, não acha? Pois bem. Suponhamos que ele estivesse fazendo o jogo do contente. Enquanto procurasse algo com que pudesse se alegrar, não estaria, ao mesmo tempo, resmungando e rosnando sobre como as coisas estavam ruins. Seria mais fácil para os outros conviverem com ele, e ele próprio viveria melhor. Enquanto isso, a sorte do homem não pioraria por ter deixado de lado seus lamentos. Eu lhe digo, os problemas são coisas ruins para abraçar. Eles têm muitos espinhos.

— Isso me faz pensar no que eu disse uma vez a uma pobre senhora que trabalhava para as senhoras da Sociedade Feminina de Ajuda, uma dessas pessoas que têm prazer com o sofrimento e com as causas do sofrimento. Eu devia ter uns dez anos e tentava ensinar a ela o jogo do contente. Sem muito sucesso, aliás, e acabei, embora inconscientemente, compreendendo a razão desse insucesso. E disse a ela, entusiasmada: "De qualquer modo, a senhora deve se sentir feliz por ter tanta coisa que a faz sofrer. Afinal, a senhora gosta do sofrimento."

— E ela? — quis saber Jimmy.

— Temo que ela não gostou mais do que o homem na Alemanha teria se eu tivesse dito a ele a mesma coisa.

— Mas todos deviam aprender! E você devia dizer... Pendleton parou de falar com uma expressão tão estranha no rosto que Poliana olhou para ele com surpresa.

— O que foi, Jimmy? — perguntou Poliana.

— Nada. Só estava pensando. Percebi que queria que você fizesse o mesmo que, antes, eu tinha medo que você fizesse. Isto é, antes de vê-la, eu estava com medo de que... que...

— Vamos, continue — pediu Poliana.

— Não é nada demais...

— Estou esperando — murmurou Poliana, com atitude calma e confiante, embora os olhos embora os olhos brilhassem maliciosamente.

Jimmy hesitou, olhou para o rosto sorridente da moça e disse:

— Não sei o que você vai achar. Só que eu estava preocupado... um pouco, com aquele jogo do contente, com receio de que você continuasse a praticá-lo, você sabe, e...

— Que foi que eu lhe disse? — indagou Poliana, dando uma gostosa risada. — Você sempre se preocupou, com medo de que eu fosse, aos vinte anos, exatamente o que era quando tinha dez!

— Não... eu não quis dizer... — gaguejou Jimmy Pendleton. — Pode acreditar, Poliana. Eu pensei... É claro que sabia...

Poliana apenas colocou as mãos nos ouvidos e caiu em outra gargalhada.

Capítulo XIX

Duas cartas

No final de junho, Poliana recebeu esta carta de Della Wetherby:

Querida Poliana,

Estou escrevendo para lhe pedir um favor. Espero que você possa me indicar alguma casa de família, bem tranquila, aí em Beldingsville, que esteja disposta a receber a minha família durante o verão. Seriam três pessoas: minha irmã, sua secretária e seu filho adotivo, Jamie. (Você se lembra de Jamie, não?). Eles não querem ficar num hotel ou numa pensão. Minha irmã está muito cansada, e o médico a aconselhou a ir ao campo para descansar, e mudar de ambiente. Sugeriu Vermont ou New Hampshire. Mas pensamos em Beldingsville e em você, que pode nos indicar o lugar adequado para eles ficarem. Prometi a Ruth que lhe escreveria. Eles querem ir no princípio de julho, se for possível. Por favor, responda-me o mais depressa possível, dizendo se pode arranjar o lugar. Minha irmã está internada no Hospital que eu trabalho há algumas semanas, para um tratamento.

À espera de uma resposta favorável, cordialmente,

Della Wetherby

Depois que leu a carta, Poliana ficou imóvel por algum tempo, tentando mentalmente localizar casas de família em Beldingsville que pudessem hospedar os viajantes. Achou, de súbito, a solução e, com uma exclamação de alegria, foi falar com Poli na sala de estar:

— Titia! Acabo de ter uma ideia adorável. Eu lhe disse que algo aconteceria, e que eu desenvolveria um talento em algum momento. Leia esta carta de Della Wetherby, irmã da senhora Carew, em cuja casa fiquei aquele inverno em Boston, lembra-se? Ela tem que passar o verão no interior e Della me pediu para conseguir aqui alguma casa de família que a pudesse hospedar. A princípio, não me lembrei de nenhuma. Mas agora descobri, tia Poli! Adivinhe qual é?

— Como é que você pode ser assim, minha filha? — disse a tia em vez de tentar adivinhar. — Parece que ainda tem doze anos em vez de uma mulher crescida. Sobre o que, mesmo, você estava falando?

— Sobre uma casa de família para hospedar a senhora Carew e Jamie. Já encontrei! — respondeu a moça, com entusiasmo.

— Já? — indagou Poli, sem interesse. — E por que todo esse entusiasmo?

— Porque é aqui. Vamos hospedá-los aqui, titia.

— Poliana! — exclamou Poli, assustada.

— Agora, tia, por favor, não diga não, por favor, não — implorou Poliana, ansiosamente. —A senhora não vê? Esta é a minha chance, a chance que eu estive esperando; e simplesmente caiu em minhas mãos. Nós podemos fazer isso ser encantador. Temos muito espaço, e você sabe que eu posso cozinhar e manter casa. E agora haveria dinheiro nisso, pois eles pagariam bem, eu sei. São três hóspedes, a secretária também virá.

— Não é possível, Poliana! — reclamou a tia. — Fazer da nossa casa uma pensão? A mansão dos Harrington transformada numa pensão?! Esqueça isso, Poliana!

— Não vai ser uma pensão qualquer, e sim uma muito incomum l. São pessoas amigas. É como se fossem conhecidos que vêm nos visitar. A diferença é que vão pagar. E estamos precisando de dinheiro, titia!

Um espasmo de orgulho ferido contorceu o rosto de Poli e, com um gemido baixo, ela afundou na poltrona. Depois, perguntou:

— Você pode se encarregar de tudo? E sozinha?

— Claro que não — admitiu Poliana, pisando agora em solo firme, pois conseguira vencer a resistência da tia. — Eu posso cozinhar e dirigir a casa e uma das irmãs de Nancy faria o resto A Sra. Durgin faria a parte da lavanderia, assim como ela faz agora.

— Mas eu não estou bem, Poliana, você sabe, não posso ajudar muito.

— Eu sei, titia. Não há razão para que você deva fazer algo. Não vai ser esplêndido? Ora, parece bom demais para ser verdade; o dinheiro acabou de cair nas nossas mãos assim!

— Você ainda tem de aprender muito, Poliana. Fique sabendo que os hóspedes que pagam são muito exigentes. Não há de ser pelos seus belos olhos que vão fazer o dinheiro cair do céu. Você vai ter um muito trabalho, não se esqueça disso.

— Tudo bem, eu vou me lembrar — respondeu a moça. — Agora, vou escrever a Della e pedir a Jimmy Bean para pôr a carta no correio, quando ele aparecer aqui esta tarde.

A Sra. Chilton se mexeu inquieta.

— Por que é que você não chama aquele moço por seu nome verdadeiro? —Você sabe que o sobrenome dele agora é Pendleton.

— Eu sei. Mas às vezes esqueço e falo Bean na frente dele, o que é terrível. Ele foi adotado, sei disso. Estou tão ansiosa! — E saiu da sala como se estivesse flutuando.

A carta já estava pronta quando Jimmy apareceu, às quatro horas. Poliana não perdeu tempo e, depois de contar ao rapaz o que acontecera, disse:

— Quero que cheguem logo. Não vejo a senhora Carew nem Jamie desde aquele inverno. Já lhe falei sobre Jamie, não?

— Falou, sim... — O jovem parecia constrangido.

— Não é esplêndido que eles venham?

— Bem, não sei se isso será exatamente esplêndido.

— Então, não acha esplêndido eu ter uma oportunidade de ajudar tia Poli, ainda que por pouco tempo? É ótimo, Jimmy!

— Vai ser muito duro para você — disse Jimmy, passando do constrangimento para uma certa irritação.

— Sim, claro, em alguns aspectos. Mas ficarei alegre por causa do dinheiro que vou ganhar. É um problema que anda me preocupando. Está vendo como estou ficando interesseira, Jimmy?

Por um longo minuto não houve resposta; então, um pouco abruptamente, o jovem perguntou:

— Que idade tem o tal Jamie, agora?

Poliana ergueu os olhos com um sorriso alegre.

— Estou lembrando que você nunca gostou do nome dele. — Poliana sorriu. — Jamie... não faz mal. Ele está adotado legalmente e recebeu o sobrenome de Carew. Pode chamá-lo assim.

— Você não me disse que idade ele tem — lembrou Jimmy.

— Ninguém sabe ao certo. Deve ter mais ou menos a sua idade. Não sei como ele está atualmente, mas perguntei tudo na carta.

— Verdade? — Jimmy olhou para a carta que Poliana havia escrito.

Ele gostaria de rasgá-la, jogá-la fora; fazer qualquer coisa, menos pô-la no correio. Ele sabia que estava com ciúme daquele rapaz de nome tão parecido e ao mesmo tempo tão diferente do seu. Isso não queria dizer que estivesse apaixonado por Poliana, era o que afirmava a si mesmo. Claro que não estava. Só que não lhe agradava a perspectiva de ver o rapaz desconhecido, vir para Beldingsville e, sempre presente, atrapalhar suas visitas, agora tão agradáveis. Quase disse isso a Poliana, mas algo o impediu. Logo depois, saiu, levando a carta consigo.

O fato é que Jimmy não rasgou a carta nem a jogou fora, segundo ficou evidenciado dias depois, quando Poliana recebeu a resposta de Della. Jimmy, que apareceu depois, teve de ouvir a leitura da carta, ou melhor, ouviu parte dela, pois, antes de ler, Poliana explicou:

— No começo, ela só diz que todos estão alegres com a ideia de virem. Não preciso ler. Mas acho que você vai gostar do resto, porque já me ouviu falar a respeito deles muitas vezes. Em breve, vai conhecê-los. Dependo muito de você, Jimmy, para me ajudar a tornar tudo agradável para eles.

— É mesmo?

— Não seja sarcástico, Jimmy, só porque não gosta do nome de Jamie. Sei que simpatizará com ele, quando o conhecer. E vai adorar a senhora Carew.

— Será? — retrucou Jimmy irritado. — É uma séria perspectiva. Só espero que aquela senhora seja bastante bondosa para retribuir a minha admiração.

— E vai ser — afirmou Poliana. — Ouça só o que vou ler a seu respeito. É uma carta de Della... Della Wetherby, você sabe, a do Hospital, irmã da senhora Carew.

— Tudo bem. Vá em frente — disse Jimmy, com interesse educado, enquanto Poliana, sorrindo, começou a ler:

Querida Poliana,

Você me pede para lhe contar tudo sobre todo mundo. Esse é um grande desafio, mas vou tentar fazer o melhor que puder. Para começar, acho que você vai encontrar minha irmã muito diferente. Novos interesses em sua vida nos últimos anos fizeram maravilhas. Está um pouco magra e cansada por excesso de trabalho, mas um descanso resolverá. Vai ver como ela parecerá mais jovem, bem-disposta e feliz. Claro que isso não quer dizer o mesmo para mim, pois você era muito jovem para compreender até que ponto ela era infeliz, quando a conheceu em Boston, naquele inverno. A vida, para ela, era tão triste e sem esperança, então. Hoje ela está cheia de interesse e alegria.

Primeiro, aceitou Jamie e, quando os vir juntos, ninguém terá de lhe dizer o que ele significa para ela. Ainda continuamos sem saber se ele é o verdadeiro Jamie, mas minha irmã gosta dele como de um filho, e o adotou legalmente.

Lembra-se de Sadie Dean, a balconista? Pois bem, tendo se interessado por ela e ajudando-a para que tivesse uma vida mais feliz, minha irmã foi se esforçando, aos poucos, até passar a considerá-la como seu particular anjo bom. Criou um lar para Lar para Meninas Trabalhadoras e algumas pessoas ricas se associaram ao projeto. Mas ela é o cérebro de tudo e se dedica de coração às moças, em geral, ou a cada uma em particular. Você não pode imaginar a sua boa vontade, sua disposição. Seu braço direito é a secretária, a Sadie Dean. Você vai vê-la mudada, mas continua a Sadie de sempre.

Quanto a Jamie, coitado! A grande tristeza de sua vida é que ele sabe agora que ele nunca poderá andar. Por um tempo todos nós tivemos esperanças. Ele esteve aqui no Hospital sob o Dr. Ames por um ano, e ele melhorou muito e agora pode andar com auxílio de muletas. Mas vai ser sempre assim, embora tal defeito não afete sua personalidade. Depois que a gente o conhece nunca se pensa nele como deficiente: sua alma é livre. Não consigo explicar muito bem, mas você entenderá o que estou tentando dizer, quando encontrá-lo. Ele conservou o mesmo entusiasmo juvenil, a alegria de viver. Mas há uma coisa, somente uma, acredito, capaz de levá-lo ao desespero: descobrir que não é Jamie Kent, nosso sobrinho. Ouviu falar nisso por tanto tempo e passou a desejar que fosse — tanto que acabou acreditando que é mesmo o nosso Jamie. Bem, mas se não for, espero que nunca descubra.

— É tudo — disse Poliana. — Mas não é interessante?

— Sem dúvida — concordou Jimmy. Havia um toque de autenticidade na voz de Jimmy agora. Ele estava pensando de repente no que suas próprias pernas boas significavam para ele. Ele até, no momento, estava disposto a que esse pobre jovem tivesse a atenção de Poliana, se ele não fosse tão ousado a ponto de reivindicar muita, é claro!

— Deve ser duro para o pobre rapaz.

— Se é! Você nem pode imaginar, Jimmy. Eu sei. Já fiquei sem poder andar. Eu sei!

— Claro... — murmurou o jovem, movendo-se inquieto na cadeira.

Vendo a expressão de ternura no rosto de Poliana, não se sentia tão certo de que Jamie devesse vir à cidade, se era para Poliana ficar assim.

Capítulo XX

Os hóspedes pagantes

Os poucos dias antes da chegada "daquelas pessoas horríveis", como Poli Chilton se referia aos convidados pagantes de sua sobrinha, foram de trabalho e agitação para Poliana. Mas foram dias felizes, pois Poliana se recusava a ficar cansada, desanimada ou desencorajada. Convocou Nancy e a irmã mais nova dela, Betty, para ajudá-la, Poliana percorreu sistematicamente a casa, cômodo por cômodo, e organizou para o conforto e conveniência de seus hóspedes esperados. A Sra. Chilton pouco podia fazer para ajudar. Em primeiro lugar ela não estava nada bem. Em segundo lugar, sua atitude mental em relação a ideia não era propícia para ajudar ou confortar, pois ao seu lado espreitava sempre o orgulho Harrington de nome e raça, e em seus lábios estava o gemido constante:

— Poliana! Nunca imaginei que a mansão ia chegar a isso!

— Não é nada demais, titia. São os Carew que estão vindo para nossa casa — Poliana tratou de consolá-la.

Mas a Sra. Chilton não deveria se distrair tão levianamente, e respondeu apenas com um olhar desdenhoso e um suspiro mais profundo, então Poliana foi forçada a deixá-la percorrer sozinha seu caminho melancólico.

No dia da chegada, ela foi à estação com Timothy (agora dono dos cavalos dos Harrington), para esperar o trem da tarde. E só tinha no coração a confiança e uma alegre expectativa. Quando ouviu o apito da locomotiva, porém, foi tomada de verdadeiro pânico, dúvida e desalento. Compreendeu, de súbito, o que tinha de fazer, sozinha e quase sem ajuda. Lembrou-se da riqueza, posição e gostos exigentes da Sra. Carew. Jamie já era um adulto, diferente do menino ao qual estava acostumada. Por um terrível momento, ela pensou apenas em fugir.

— Estou me sentindo mal, Timothy — disse. — Vou dizer a eles para não venham...

— O quê?! — exclamou Timothy, assustado.

Bastou olhar para o rosto de Timothy, e Poliana, com uma risadinha, exclamou:

— Nada! Não importa! Olhe! Estão quase chegando! — E correu para a plataforma, novamente a Poliana de sempre.

Reconheceu-os imediatamente. Mesmo se tivesse tido alguma dúvida, esta teria sido desfeita pelas muletas que o rapaz trazia — um moço de olhos castanhos. Por alguns instantes trocaram abraços e, depois, entraram na carruagem, ao lado de Ruth Carew e tendo à frente Jamie e Sadie Dean. Então, pela primeira vez, pôde ver os amigos e notar a mudança que tinham sofrido nos últimos seis anos. Em relação à Sra. Carew, seu primeiro sentimento foi de surpresa. Ela tinha esquecido que a Sra. Carew era tão adorável. Esquecera-se de que ela era bonita, que tinha os cílios compridos e os olhos expressivos. Pensou com inveja como aquele rosto devia ser igual aos padrões de beleza. Mas ela se alegrou com a ausência de rugas das velhas linhas inquietas de melancolia e amargura.

Depois, Poliana olhou para Jamie e se surpreendeu, com razão. Jamie também ficara muito atraente, não havia dúvida, pensou a moça, atraída pelos seus olhos castanhos escuros, faces um tanto pálidas e cabelos escuros e ondulados. Depois, olhou para as muletas e sentiu um aperto na garganta.

A fisionomia de Sadie Dean não havia mudado quase nada desde a primeira vez que Poliana a conhecera no Jardim Público. Poliana logo notou, porém, uma diferença no modo de vestir e pentear os cabelos, na maneira de falar, na atitude descontraída e alegre. Era uma Sadie bem diferente na verdade.

— Foi bondade sua em nos deixar vir — disse Jamie a Poliana. — Sabe o que pensei, quando você escreveu dizendo que podíamos vir?

— Não... claro que não... — gaguejou Poliana, ainda olhando para as muletas do rapaz e com um nó na garganta.

— Lembrei-me da menina do Jardim Público, com seus amendoins para Sir Lancelote e Lady Guinevere. Eu sabia que você só estava nos colocando em seu lugar. Quero dizer: se você tivesse um saco de amendoins e nós não, só ficaria satisfeita quando dividisse os amendoins conosco.

— Um saco de amendoins! De fato! — riu Poliana.

— Agora, o seu saco de amendoins se transformou em arejados quartos no campo, leite de vaca e ovos de uma galinha caipira — explicou Jamie. — Mas dá no mesmo. Talvez seja bom adverti-la... Lembra como Sir Lancelote era guloso?

— Está bem. Assumo o risco — disse Poliana, pensando como era bom que Poli não estivesse presente para ver tão cedo confirmadas suas previsões. — Coitado de Sir Lancelote! Será que alguém continua alimentando o bichinho? Será que ainda está vivo?

— Está vivo e bem-alimentado — interpôs Ruth Carew. — Este jovenzinho aqui vai lá pelo menos uma vez por semana, levando amendoins e não sei mais o quê. Quando falta cereal lá em casa é porque "seu Jamie levou tudo para dar aos pombos, madame!".

— Isso mesmo — confirmou Jamie. — Vou lhe contar.

E Poliana ouviu, com a mesma atenção e fascínio dos velhos tempos, a história de um casal de esquilos no Jardim ensolarado. Mais tarde, compreendeu o que Della Wetherby quisera dizer em sua carta. Assim que chegaram em casa, teve um choque: viu Jamie apanhar as muletas e descer da carruagem com a ajuda dos outros. Em alguns minutos, ele a fizera esquecer-se de que era manco.

Para grande alívio de Poliana, o primeiro e temido encontro entre tia Poli e o grupo dos Carew transcorreu muito melhor do que ela imaginava. Os recém-chegados ficaram tão encantados com a casa e tudo quanto havia dentro dela que foi impossível à proprietária manter a atitude de forçada resignação em sua presença. Ficou também evidente, antes que se passasse uma hora, que o charme pessoal e o magnetismo de Jamie perfurou até a armadura de desconfiança de tia Poli. Assim, Poliana viu que pelo menos um dos problemas que a preocupavam deixaria de existir: tia Poli já se mostrava uma anfitriã amável para com os convidados.

Apesar de seu alívio com a mudança de atitude de tia Poli, no entanto, Poliana não achou que tudo estava indo bem. Havia trabalho, e muito, que precisava ser feito. Betty, a irmã de Nancy, era agradável e solícita, mas não era igual a Nancy. Tinha que aprender, e isso levava tempo. Poliana temia algum erro dela. Uma cadeira empoeirada era um crime e um bolo solado uma tragédia. Aos poucos, porém, depois de incessantes argumentos e pedidos de Ruth e de Jamie, a moça passou a encarar o trabalho com menos tensão e a compreender que crime e tragédia aos olhos dos amigos não eram uma cadeira suja e um bolo solado, mas a expressão de ansiedade em seu rosto.

— Acha que já não é bastante nos hospedar? É preciso se matar de trabalho para nos alimentar? — perguntou Jamie.

— Além disso, não devemos comer tanto, de qualquer maneira — acrescentou Ruth.

Foi perfeita a facilidade com que os três convidados se integraram ao cotidiano da família. Antes de se passarem vinte e quatro horas, a senhora Chilton já fazia à senhora Carew perguntas interessadas sobre o novo Lar para Meninas Trabalhadoras, e Sadie Dean e Jamie já discutiam sobre a melhor maneira de descascar ervilhas ou de colher flores.

Já fazia uma semana que os Carew estavam na mansão Harrington, quando John Pendleton e Jimmy apareceram, certa noite. Poliana pensou que eles apareceriam logo e os havia convidado, mesmo antes que os hóspedes chegassem. Ela fez as apresentações agora com orgulho visível:

— Vocês são meus bons amigos. Quero que se conheçam e se tornem bons amigos entre si.

Não a surpreendeu o fato de John Pendleton ter ficado impressionado com a beleza e a simpatia da senhora Carew, mas a maneira como esta olhou para Jimmy deixou-a impressionada. Era quase um olhar de reconhecimento.

— Já não nos conhecemos, senhor Pendleton? — perguntou Ruth, e Jimmy a encarou surpreso.

— Acredito que não. Ou melhor, tenho certeza de que nunca a vi antes. Do contrário, não teria esquecido a senhora.

Ele foi tão enfático que todos riram, e Pendleton disse:

— Muito bem, filho, para um jovem de sua tenra idade. Eu não poderia ter feito metade tão bem como você.

Ruth corou ligeiramente e continuou:

— Não, mas realmente —ela insistiu—, brincadeiras à parte, certamente há algo estranhamente familiar em seu rosto, acho que devo ter visto você em algum lugar, se eu realmente não te conheci.

— Talvez em Boston — observou Poliana. — Jimmy passa os invernos lá, cursando a Escola Técnica. Quando se formar, vai construir pontes e barragens. Isto é, quando crescer. — E olhou para o jovem de um metro e oitenta de altura, de pé diante de Ruth.

Todos riram novamente, exceto Jamie que, em vez de rir, fechou os olhos como se algo o tivesse aborrecido. Apenas Sadie Dean notou que Jamie, em vez de rir, fechou os olhos como se visse algo que doía. E só Sadie Dean sabia como — e por que — o assunto mudou tão rapidamente, pois foi a própria Sadie quem o mudou. Foi também ela quem aproveitou a primeira oportunidade para conversar sobre livros, flores e bichos, assuntos de sua preferência, em vez de falar sobre pontes e barragens, que Jamie jamais poderia construir. Mas ninguém percebeu o que Sadie fizera, inclusive o próprio Jamie.

Depois que os Pendleton saíram, Ruth voltou a falar sobre a curiosa sensação que tivera de haver visto, antes, o jovem.

— Eu o vi em algum lugar... — murmurou. — Pode ter sido em Boston, mas... — Deixou a frase sem terminar e, um minuto depois, acrescentou: — De qualquer maneira, é um rapaz muito simpático. Eu gosto dele.

— Isso me alegra! — aprovou Poliana. — Eu sempre gostei muito de Jimmy.

— Quer dizer que já o conhecia há muito tempo? — perguntou Jamie, um pouco melancólico.

— Sim, há anos, quando eu ainda era menina. Naquele tempo ele se chamava apenas Jimmy Bean.

— Jimmy Bean? — estranhou Ruth Carew. — Ele não é filho do senhor Pendleton?

— Filho adotivo.

— Ah! — exclamou Jamie. — Então não é filho legítimo como eu. — Havia um tom curioso de quase alegria na voz do rapaz.

— O senhor Pendleton não tem filhos — explicou Poliana. — Nunca se casou. Esteve para se casar uma vez, mas não deu certo.

Poliana corou. Nunca esquecera que fora sua mãe que recusara a proposta de casamento de John Pendleton e se tornara, assim, responsável por seus longos e solitários anos de solteiro.

Ruth e Jamie, porém, ignorando o fato e notando as faces coradas de Poliana, chegaram à mesma conclusão. "Será possível", pensaram, "que John Pendleton tenha se apaixonado por Poliana, tão mais moça do que ele?".

Naturalmente eles não disseram isso em voz alta, de modo que não tiveram resposta. Mas guardaram o pensamento, para futura referência, caso se tornasse necessário.

Capítulo XXI

Dias de verão

Antes de os Carew chegarem, Poliana dissera a Jimmy que dependia dele para entreter os convidados. Na ocasião, Jimmy não havia expressado entusiasmo pela ideia, mas, dias depois, mostrara-se disposto e ansioso, a se julgar pelas numerosas visitas que fazia à moça e suas insistentes ofertas de cavalos e carros para servir os convidados. Entre ele e Ruth Carew firmou-se logo uma calorosa amizade, como se houvesse forte atração de um pelo outro. Passeavam juntos, conversavam e chegaram mesmo a discutir o projeto do Lar para Meninas Trabalhadoras, a ser realizado no inverno seguinte, quando o rapaz estivesse em Boston. Jamie também foi alvo de atenções, e Sadie Dean não foi esquecida. Como Ruth Carew havia deixado claro, Sadie era como se fosse da família e devia ser tratada como tal.

Não era somente Jimmy que se mostrava gentil. John Pendleton aparecia na casa com frequência, sugerindo passeios e piqueniques. Passeios de carro foram planejados e realizados, e longas tardes foram gastas com livros na varanda da mansão.

Poliana ficou encantada. Não apenas os hóspedes estavam livres de sentir tédio como se tornaram amigos de seus outros amigos, os Pendleton. Então, como uma galinha mãe com uma ninhada, ela pairava sobre as reuniões de varanda, e fazia tudo em seu poder para manter o grupo unido e feliz.

Nem os Carew nem os Pendleton, contudo, gostavam de ver Poliana como simples espectadora de suas diversões e queriam que ela também se juntasse ao grupo, e não aceitavam suas negativas.

— Não vamos deixar você nesta cozinha quente como um forno! — insistiu Jamie mais uma vez. — A manhã está linda e vamos almoçar no George. Você vai conosco.

— Não posso, Jamie — recusou Poliana.

— E por que não? Não pense no jantar. Comeremos fora.

— Mas tem o almoço...

— Ora, você vai almoçar conosco. Não precisa ficar em casa preparando a comida.

— Não, Jamie! — insistiu a moça. — Tenho de pôr o glacê no bolo.

— O bolo não precisa de glacê.

— E varrer a casa.

— A casa está limpa.

— E providenciar tudo para amanhã.

— Amanhã você nos dá leite com biscoito. Preferimos leite e biscoito a um jantar com peru sem você.

— Não posso lhe dizer tudo o que tenho de fazer hoje.

— Nesse caso, não diga. Trate de apanhar o chapéu e venha com a gente. Já falei com Betty, e ela vai fazer tudo direito.

— Que coisa, Jamie! — protestou Poliana, enquanto ele puxava a manga do vestido dela.

Poliana foi, não somente naquele dia, mas muitas outras vezes. Não era somente Jamie que insistia, mas também Jimmy e John Pendleton, para não se falar de Ruth, Sadie e até a tia Poli.

— Claro que eu gosto de sair com vocês — disse ela, certo dia em que teve de abandonar o trabalho para acompanhá-los. — Mas nunca vi hóspedes que pagam querendo passar a leite e biscoitos. E nunca vi dona de pensão igual a mim: deixando o trabalho para passear.

O clímax aconteceu quando, um dia, John Pendleton sugeriu que fizessem uma viagem de duas semanas, indo acampar em um pequeno lago entre as montanhas, a cerca de sessenta quilômetros de Beldingsville.

A ideia foi aprovada por todos, exceto por Poli. Ela disse, em particular, a Poliana, que era tudo muito bom e desejável que John Pendleton tivesse se livrado da indiferença azeda e sombria que tinha sido seu estado por tantos anos, mas que não necessariamente seguia isso; era como se ele tentasse se transformar em um garoto de vinte anos novamente; e era isso que, na opinião dela, ele parecia estar fazendo agora! Publicamente, ela se contentou em dizer friamente que não deveria ir em nenhum acampamento insano para dormir em chão úmido e comer insetos e aranhas, sob o pretexto de "diversão", nem ela achava uma coisa sensata para alguém com mais de quarenta anos. Se John Pendleton ficou ofendido com a recusa, não deixou transparecer. Seu entusiasmo não abateu, pelo menos aparentemente, e os preparativos continuaram. Ficara unanimemente decidido que, mesmo que tia Poli não fosse, isso não era motivo para que o resto não deveria.

— A senhora Carew será a acompanhante que precisamos — sentenciou Jimmy.

Durante uma semana, não se falou senão em barracas, víveres, máquinas fotográficas e material de pesca, e todos se ocuparam dos preparativos para o acampamento.

— Vai ser um passeio campestre — disse Jimmy. — Nada de refeições numa só barraca. Queremos fogueiras ao ar livre, assando batatas nas brasas e todos sentados em volta, contando casos e comendo milho assado na espiga.

— Queremos nadar, remar e pescar! — exclamou Poliana. — E... — Parou, olhando para Jamie. — Quero dizer, não vamos fazer tudo ao mesmo tempo. Há muita coisa tranquila que se pode fazer também. Ler, conversar...

Jamie fechou os olhos e empalideceu. Entreabriu os lábios, mas, antes que pudesse articular uma palavra, Sadie Dean já estava falando:

— Em acampamentos a gente tem de se divertir bastante ao ar livre. No último verão, estivemos no Maine, e vocês deviam ter visto os peixes que o senhor Carew pescou. Fale você mesmo sobre isso — acrescentou, dirigindo-se a Jamie.

— Ninguém ia acreditar. — Jamie sorriu. — Seria mais uma história de pescador, vocês diriam.

— Conte e veja se acreditamos — pediu Poliana.

Jamie ainda balançou a cabeça, mas havia recuperado a cor, e em seus olhos não havia mais a expressão de tristeza. Olhando para Sadie, Poliana imaginou vagamente por que ela parecia agora tão aliviada.

Finalmente chegou o dia e todos partiram no carro enorme de John Pendleton, com Jimmy ao volante. Ouviram-se o ruído do motor e os gritos de despedida, e partiram, enquanto Jimmy pressionava a buzina.

Tempos depois, Poliana se lembraria da primeira noite no acampamento — uma experiência nova em muitos aspectos.

Eram quatro horas quando o percurso de sessenta quilômetros terminou. Desde as três e meia, o carro rompia uma estrada que, obviamente, não fora feita para automóveis de seis cilindros. Para o próprio carro e para o motorista, aquela parte da viagem foi exaustiva. Mas para os passageiros alegres, que não tinha responsabilidade sobre buracos escondidos e curvas lamacentas, a viagem foi sensacional. A cada instante viam uma paisagem mais deslumbrante.

John Pendleton escolhera para acampar um local que visitara anos antes. Ao avistá-lo, se sentiu aliviado.

— É adorável! — gritaram em coro os demais.

— Estou contente por vocês terem gostado — disse Pendleton. — Achei que era um bom lugar, mas estava preocupado. Esses lugares costumam mudar muito, às vezes. O mato cresceu um pouco, mas não tem problema. É fácil limpar isso aí.

Todos começaram a trabalhar então, limpando o terreno, armando as duas barracas, descarregando o automóvel, fazendo a fogueira e arrumando a "cozinha e a despensa."

Foi então que Poliana começou a reparar especialmente em Jamie e a temer que algo lhe acontecesse. Percebeu que o chão, cheio de buracos e de raízes salientes de árvores, não eram como um piso acarpetado para um par de muletas, e viu que Jamie também se preocupava com isso. Mas, apesar das muletas, o rapaz insistia em participar do trabalho coletivo. Poliana se sentiu nervosa e, por duas vezes, correu para ajudá-lo, tirando de seus braços o caixote que ele tentava carregar.

— Deixe que eu levo isso — pediu a moça. — Você já fez o suficiente.

Da segunda vez, sugeriu:

— Por que não se senta por aí e descansa um pouco?

Se o estivesse observando atentamente, teria notado que o rapaz tinha mudado de cor. Como ela não estava olhando, então não viu. Mas pouco depois ficou surpresa quando viu que, enquanto carregava algumas caixas, Sadie gritou:

— Ei! Sr. Carew! Quer me ajudar?

Logo depois, Jamie se aproximou das barracas, mais uma vez às voltas com o problema de carregar ao mesmo tempo algumas caixinhas e um par de muletas. Poliana se virou para Sadie Dean e ia reclamar, mas desistiu. Viu Sadie pedindo-lhe silêncio, levando o dedo indicador aos lábios.

— Sei o que está pensando — disse, em voz baixa, aproximando-se de Poliana. — Não está vendo? Ele fica triste, achando que não pode fazer o mesmo que os outros. Olhe só! Veja como agora está contente!

Poliana viu Jamie equilibrando o seu peso em uma das muletas e curvando-se para colocar seu fardo no chão. Ela viu a luz feliz no rosto dele e o ouviu dizer, indiferente:

— Aqui está outra contribuição da senhorita Dean. Ela me pediu para trazer até aqui.

Sadie já tinha se afastado e Poliana ficou observando Jamie por algum tempo, mas com cuidado para que nem ele próprio e os outros notassem sua atenção. Chegou a sentir compaixão enquanto o olhava. Por duas vezes, o viu tentando executar uma tarefa sem o conseguir. Uma vez, não pôde carregar uma caixa mais pesada e, de outra, foi com uma mesa desmontável, que não podia ser armada sem que soltasse as muletas. E ela via seu rápido olhar ao redor para ver se os outros notavam. Ela também viu que ele estava ficando muito cansado, e que seu rosto, apesar do sorriso alegre, estava pálido e abatido, como se ele estivesse com dor.

"Acho que devíamos ter planejado melhor!", admitiu Poliana para si mesma, com os olhos marejados. "Devíamos ter pensado melhor antes de deixar que ele viesse a um lugar como este. Acampar com muletas! Por que não nos lembramos disso antes?"

Uma hora depois, quando se sentaram em torno da fogueira, após o jantar, Poliana viu sua pergunta respondida. Enquanto contemplava o fogo brilhante diante dela, e a escuridão suave e perfumada ao seu redor, mais uma vez caiu sob o encantamento das histórias que fluíam dos lábios de Jamie. Mais uma vez se esqueceu das muletas.

Capítulo XXII

Camaradas

Os seis formavam um grupo alegre e unido. A cada dia apareciam motivos novos de prazer e um deles era a camaradagem que os unia.

Como Jamie disse uma noite, quando todos estavam sentados ao redor do fogo:

— Já notaram? Parece que a gente fica se conhecendo melhor aqui no bosque. Basta uma semana aqui para a gente ficar mais camarada do que em um ano na cidade.

— Eu concordo e me pergunto por quê, murmurou a Sra. Carew.

— Acho que é algo no ar — suspirou Poliana. — Alguma coisa no céu, nos bosques e no lago...

— Eu acho que você quer dizer, porque o mundo está fechado — falou Sadie Dean, com uma curiosa pequena pausa em sua voz. Sadie fora a única que não rira com a conclusão imprecisa de Poliana. —Aqui, a gente pode revelar nossa verdadeira personalidade. Não temos de fazer o que a sociedade nos dita porque somos ricos ou pobres, importantes ou humildes. Aqui, somos nós, realmente!

— Tudo isso soa muito bem, mas a verdadeira razão de bom senso é porque não temos nenhuma Sra. Tom e Sr. Harry sentado em suas varandas, e perguntando entre si para onde vamos, por que estamos indo para lá, e quanto tempo pretendemos ficar— opinou Jimmy.

O instrumento que você toca, Poliana, será o coração do mundo e, para mim, é o mais maravilhoso instrumento de todos.

— Nossa, Jimmy! Como você tira a poesia das coisas! — observou Poliana, sempre risonha.

— É a minha função. Como é que você pensa que vou poder construir pontes e barragens se não enxergar algo mais que a poesia das cachoeiras?

— Não pode, Jimmy! Uma ponte é a coisa mais importante do mundo! — disse Jamie, com uma entonação que trouxe um silêncio repentino ao grupo em torno do fogo, só por pouco tempo, é verdade, pois Sadie quebrou o silêncio:

— Eu prefiro uma cachoeira, sem nenhuma ponte para estragar a vista!

Todos riram, e foi como se uma tensão em algum lugar tivesse se dissipado. A Sra. Carew levantou-se:

— Está bem, pessoal. Na condição de acompanhante responsável, anuncio que é hora de ir para a cama!

E com um alegre coro de boa-noite, a festa acabou.

Os dias se passavam e eram para Poliana maravilhosos, sobretudo pelo encanto daquela camaradagem que, embora divergindo nos detalhes com cada um, foi mais delicioso com todos. Conversou com Sadie sobre o novo Lar e do trabalho maravilhoso que a Sra. Carew estava fazendo. E também para lembrar os velhos tempos, quando Sadie trabalhava por trás do balcão e de tudo o que Ruth fizera para ajudá-la. Poliana a ouviu, também, falar algo da mãe e do velho pai "lá em casa", e da alegria que Sadie, em sua nova posição, conseguiu trazer para suas vidas.

— Foi por sua causa que tudo começou — disse Sadie.

— Bobagem! — contestou Poliana. — A senhora Carew, sim, tudo se deve a ela.

Com a Sra. Carew, Poliana conversou a respeito do Lar e de outros planos que tinha em favor das moças que trabalham fora. E, tal como Sadie Dean, Ruth Carew concluiu:

— E tudo isso se deve a você... — O que fez Poliana mais uma vez protestar, e ela começou a falar de Jamie e do que ele havia feito. — Jamie é um querido — admitiu Ruth, afetuosamente. — E eu o amo como um próprio filho. Ele não poderia ser mais querido para mim se ele fosse realmente filho de minha irmã.

— Então acredita que não é ele?

— Não sei. Nunca chegamos a uma conclusão. Às vezes, penso que é, mas, depois, volto a duvidar. Acho que ele acredita que seja, e Deus o abençoe! De uma coisa tenho certeza: Jamie é de boa linhagem. Você sabe com seus talentos; e a maneira maravilhosa como ele respondeu ao ensino e treinamento prova isso.

— Eu sei — concordou Poliana. — E já que a senhora gosta tanto dele, o que importa se ele é ou não o verdadeiro Jamie?

— Não no que diz respeito a ele — disse Ruth, ela suspirou, finalmente. — Fico pensando: se ele não é o nosso Jamie, onde, então, estará Jamie Kent? Estará bem? Será feliz? Alguém o ama? Quando penso nisso, quase enlouqueço. Daria tudo o que tenho para saber se esse rapaz é mesmo Jamie Kent.

Nas conversas que teve, depois, com Jamie, Poliana se recordou dessas palavras Jamie estava tão seguro de si que disse a ela, certa vez:

— Há coisas que a gente sente. Acho que sou Jamie Kent. Acredito nisso há bastante tempo, mas acho que não suportaria descobrir que não sou. A senhora Carew fez muito por mim. Imagine, afinal, se ela ficar sabendo que eu sou apenas um estranho!

— Mas ela... ama você, Jamie.

— Sei disso, e é o que me entristece ainda mais. Iria fazê-la sofrer. Ela quer que eu seja o Jamie verdadeiro, eu sei. Se eu pudesse fazer alguma coisa por ela, fazê-la orgulhar-se de mim! Se ao menos eu pudesse fazer alguma coisa para me sustentar! Mas que posso fazer com isto? — Ele falou amargamente, e pôs a mão nas muletas ao seu lado.

Poliana ficou chocada e angustiada. Era a primeira vez que ouvia Jamie falar sobre sua enfermidade, desde que eram crianças. Aflita, tentou descobrir o que lhe poderia dizer. Mas, antes de articular uma palavra, o rosto de Jamie sofreu uma mudança completa:

— Esqueça isso! — exclamou. — Não queria dizer nisso; uma heresia diante do jogo do contente, não é? Estou feliz porque posso andar de muletas. É melhor do que só poder andar na cadeira de rodas!

— E o Livro da Alegria? — indagou Poliana. — Continua a escrevê-lo?

— Claro! Já tenho uma biblioteca de Livros da Alegria, todos encadernados em couro vermelho escuro, menos o primeiro, que é o mesmo caderninho de notas que Jerry me deu.

— Jerry! E eu sempre quis perguntar por ele! — exclamou Poliana. — Até agora não tinha perguntado por ele! Onde ele está?

— Em Boston. Seu vocabulário continua pitoresco como sempre, só que às vezes ele precisa diminuir o tom. Ainda trabalha com jornais, mas colhendo notícias e não as vendendo. É repórter. Tive oportunidade de ajudá-lo e a Mumsey, e você pode imaginar como isso me deixou alegre. Mumsey está no Hospital, tratando do reumatismo.

— Está melhor?

— Sim, vai ter alta em breve e voltará a morar com Jerry, que tem estudado bastante ultimamente. Ele aceitou minha ajuda, mas só como empréstimo. Fez questão de que fosse assim.

— E fez bem — afirmou Poliana. — Não é bom estar sob obrigações que você não pode pagar. Eu sei como é. No meu caso, quero ajudar tia Poli por tudo o que ela fez por mim.

— Mas você está ajudando-a neste verão.

— Só tenho cuidado de alguns hóspedes. Acho que não falhei, não é mesmo? — Poliana sorria, confiante. — Nunca houve uma dona de pensão igual a mim! Você devia ouvir as terríveis previsões de tia Poli sobre os nossos hóspedes!

— Quais foram?

— Não poderia te dizer. É um segredo mortal. Mas... — Parou no meio da frase, com um suspiro, e depois continuou: — Isto não vai durar, sabe — disse Poliana. — Hóspedes de verão só ficam durante o verão. Tenho de arranjar alguma coisa no inverno. Eu acredito que vou escrever histórias.

Jamie se virou com um sobressalto.

— Vai o quê? — perguntou Jamie, surpreso.

— Vou escrever histórias para vender. Não precisa ficar espantado. Conheci duas garotas na Alemanha que faziam isso.

— Já experimentou alguma vez? — perguntou Jamie.

— Ainda não — admitiu Poliana. — Até porque, agora, estou ocupada com os hóspedes e não se pode fazer duas coisas ao mesmo tempo.

— Claro que não — concordou Jamie, enquanto Poliana lhe dirigia um olhar de censura.

— Você acha que não posso escrever?

— Não disse isso.

— Mas pensou. Não sei por que não hei de poder. Não é como saber cantar. Para isso precisa ter boa voz. Não é, também, como um instrumento, que a gente tem de aprender a tocar.

— Parece um pouco isso — disse Jamie, com a voz baixa e olhos afastados.

— Que está dizendo? — quis saber a moça. — Ora, Jamie! Basta um lápis e papel! Não é como aprender piano ou violino!

Fez-se um silêncio e, depois, veio a resposta naquela voz abafada e os olhos voltados para outra direção:

— O instrumento que você toca, Poliana, será o coração do mundo e, para mim, é o mais maravilhoso instrumento de todos. Sob seu toque, este instrumento fará milagres e, produzirá sorrisos ou lágrimas, como você quiser.

— Oh, Jamie! — exclamou Poliana, com os olhos úmidos. — Como você coloca as coisas lindamente! Nunca pensei nisso. Mas é assim mesmo, não é? Eu gostaria muito de poder fazer isso! Talvez não seja capaz, mas tenho lido alguns contos nas revistas e acredito que sou capaz de escrever contos iguais. Gosto de contar histórias. Repito sempre as que você conta e rio e choro do mesmo modo quando é você que está contando.

— Será que eu fiz você rir e chorar, Poliana? Verdade? — perguntou Jamie, voltando-se para ela.

— Claro, e você sabe disso — respondeu a moça. — Desde aqueles tempos do Jardim Público. Ninguém sabe contar histórias como você. Você é que devia escrever, e não eu. Diga-me uma coisa: por que não escreve? Você poderia fazer isso lindamente, eu sei!

Não houve resposta. Jamie, aparentemente, não ouviu; talvez porque ele chamou, naquele instante, um esquilo que corria pelos arbustos próximos.

Não foi sempre com Jamie, ou com Ruth e Sadie, que Poliana fez caminhadas e travou conversas. Muitas vezes foi com Jimmy ou com John Pendleton. Ela estava convencida agora de que não conhecera John Pendleton até então. O velho taciturno e a tristeza haviam desaparecido, desde que chegaram ao acampamento. Ele andava, nadava e pescava com o mesmo entusiasmo de Jimmy, quase com igual vigor. À noite, em volta da fogueira, quase que rivalizava com Jamie como contador de casos, fossem divertidos ou emocionais, acontecidos com ele em suas viagens ao exterior.

Melhor que isso, segundo Poliana, era quando John Pendleton, a sós com ela, falava de sua mãe, que conhecera e amara no passado. Isso causava alegria e surpresa a Poliana, pois jamais John Pendleton havia se referido com tanta franqueza à mulher que havia amado em vão. Talvez ele próprio se sentisse admirado, pois certa vez disse, pensativo, à moça:

— Eu me pergunto por que estou falando com você assim.

— Foi bom o senhor ter conversado comigo.

— Eu sei. Só que nunca pensei em falar. Mas deve ser porque você é tão parecida com ela, como eu a conhecia. Você é muito parecida com sua mãe, minha querida.

— Como?! — exclamou Poliana. — Pensei que ela fosse linda.

— E era linda! — disse Pendleton, sorrindo intrigado.

— Então, como é que diz que ela se parecia comigo?

— Bem, Poliana, se algumas moças tivessem dito que... — Pendleton sorriu. — Ora, faz de conta que eu não disse. Coitadinha, tão feia, tão sem graça!

— Por favor! — exclamou Poliana, séria. — Não brinque comigo. Eu gostaria de ser bonita, embora seja bobagem dizer isso. E tenho um espelho, sabe?

— Então, eu a aconselho a se olhar no espelho — observou o homem sentenciosamente.

— Jimmy me disse a mesma coisa! — lembrou Poliana.

— Então, o esperto já lhe falou. — E Pendleton acrescentou, mudando de tom: — Você tem os olhos e o sorriso de sua mãe, Poliana. Para mim, você é linda.

Poliana ficou muda e lágrimas lhe chegaram aos olhos.

Por mais agradáveis que fossem aquelas conversas, não eram em nada semelhantes às que mantinha com Jimmy. De fato, Poliana e o rapaz não precisavam falar para se sentirem alegres quando estavam juntos. Jimmy se mostrava sempre bem-disposto e pouco importava se conversavam ou não — não havia como puxar as cordas do seu coração por simpatia — Jimmy era forte e feliz. Não se imaginava um sobrinho perdido, não tinha de se mortificar arrastando um par de muletas. Com Jimmy, tudo podia ser alegre e tranquilo. Jimmy era tão querido. E sempre era o mesmo, sempre era Jimmy!

Capítulo XXIII

Preso a um par de muletas

Foi no último dia de acampamento que isso aconteceu. Para Poliana, foi a primeira nuvem para trazer uma sombra de arrependimento e infelicidade ao seu coração durante toda a viagem, e ela se viu suspirando inutilmente: "Por que não voltamos para casa ontem? Isso não teria acontecido..."

Eis o que aconteceu: pela manhã daquele último dia, os amigos iniciaram uma caminhada até a Bacia.

— Teremos mais um jantar de peixe antes de irmos — sugerira Jimmy, e todos concordaram.

Levando o almoço e equipamento de pesca eles começaram a caminhada cedo. Rindo um para o outro, eles seguiram o caminho estreito pela floresta, liderados por Jimmy, que conhecia melhor o caminho.

Poliana, a princípio, seguia ao lado de Jimmy, mas, aos poucos, foi ficando para trás, juntando-se a Jamie, o último da fila. A moça notou no rosto de Jamie a mesma expressão que vira antes, quando ele fazia um esforço maior. Sabia que nada o ofenderia mais do que deixá-lo perceber isso. E também sabia que dela, mais que de outro, ele aceitaria uma ajuda ocasional. Assim, na primeira oportunidade, começou a retardar os passos, até alcançar o seu objetivo, que era Jamie. Sentiu-se imediatamente recompensada na forma como o rosto de Jamie se iluminou e pela segurança com que ele enfrentou e venceu um obstáculo representado por um tronco caído no meio do caminho, sob a agradável ficção (cuidadosamente fomentada por Poliana) de "ajudá-la a atravessar". Uma vez fora da floresta, o caminho seguia por um velho muro de pedra por um tempo, com amplas extensões de pastagens ensolaradas e inclinadas de cada lado, e uma quinta pitoresca mais distante. Foi no pasto vizinho que Poliana viu algumas flores do campo e gritou:

— Veja, Jamie! São lindas! Vou apanhá-las e fazer um lindo buquê para enfeitar a mesa do piquenique. — E pulou para o outro lado do muro.

Pedindo a Jamie que ficasse esperando, Poliana, que usava um suéter vermelho, correu por entre as flores para aumentar a colheita. Tinha as mãos cheias quando ouviu o berro medonho de um touro bravo, o grito agonizante de Jamie e o som de cascos trovejando pela encosta.

O que aconteceu a seguir nunca ficou claro para ela. Sabia que tinha atirado fora as flores e corrido, como jamais acreditara que o pudesse fazer, em direção ao muro e a Jamie. Sabia que o tropel dos cascos se aproximava. Vaga e desesperadamente, e bem à sua frente, viu o rosto angustiado de Jamie e ouviu seus gritos de horror. Depois, a voz de Jimmy, gritando para impor-lhe coragem.

Ainda sem parar, ela corria cegamente, ouvindo cada vez mais perto o baque daqueles cascos batendo. Uma vez ela tropeçou e quase caiu. Então, tonta, ela se endireitou e correu. Sentia que as forças já lhe faltavam quando, de repente, perto dela, ouviu de novo a voz estimulante de Jimmy. Logo depois, viu-se erguida do chão e sentindo algo que pulsava com força. Percebeu que eram as batidas do coração de Jimmy, que a apertava contra o peito. O barulho das patas estava mais próximo. E quando pensou que os cascos do animal iam esmagá-la, e sempre nos braços de Jimmy, viu-se empurrada para um lado, não distante o suficiente para que deixasse de ouvir a respiração do touro enfurecido, ainda a investir. Em seguida, sentiu como se estivesse do outro lado do mundo, com Jimmy debruçado sobre ela e implorando-lhe que dissesse que estava viva.

Rindo histericamente e soluçando ao mesmo tempo, desvencilhou-se de seus braços e se pôs de pé, dizendo:

— Estou viva, Jimmy! Graças a você. Ah, isso foi esplêndido! Você nem pode imaginar minha alegria quando ouvi sua voz! Como foi que conseguiu fazer isso?

— Ora... — protestou Jimmy. — Não foi nada. Eu só...

Um soluço abafado que vinha de perto interrompeu-o. Jimmy se voltou e avistou Jamie, no chão e com o rosto escondido. Poliana já estava correndo na direção ele.

— Que foi, Jamie? — perguntou, aflita. — Você caiu? Está ferido?

Não houve resposta.

— E então, meu amigo? Você se machucou? — perguntou Jimmy, examinando-o de perto.

Ainda dessa vez não houve resposta. Depois, Jamie sentou-se no chão e se virou. Quando lhe viram o rosto, Poliana e Jimmy ficaram surpresos e consternados.

— Machucado? Se estou machucado? — Jamie estendeu os dois braços. — Vocês acham que não machuca a gente ver uma cena daquelas sem poder fazer coisa alguma? Estar amarrado, indefeso, a um par de muletas? Não há dor em todo o mundo igual!

— Mas... mas... Jamie... — gaguejou Poliana.

— Não fale, por favor! — pediu Jamie em tom quase rude e levantando-se com dificuldade. — Não queria fazer uma cena como esta. — E tomou o caminho que levava ao acampamento.

— Foi duro para ele! — exclamou Jimmy, logo depois.

— Eu não refleti e agradeci a você diante dele — lamentou a moça. — Viu como as mãos dele sangravam? Enterrou as unhas na carne. — E saiu pelo caminho cambaleando.

Por um minuto, como se estivessem paralisados, os dois atrás dele o observaram partir.

— Onde é que você vai, Poliana? — perguntou Jimmy.

— Procurar Jamie. Não posso deixá-lo assim. Vamos!

Jimmy deu um suspiro, que por certo não era por causa de Jamie, e a seguiu.

Capítulo XXIV

Jimmy acorda

O acampamento foi declarado um grande sucesso. Mas na verdade, Poliana imaginava se fora só com ela ou se todos haviam sentido um constrangimento indefinível. Quanto à causa de tudo, ela atribuiu sem hesitação àquele último dia no acampamento com a infeliz viagem à Bacia.

Era verdade que ela e Jimmy facilmente alcançaram Jamie e, depois de muita insistência, o persuadiram a dar meia-volta e seguir para a Bacia com eles. E apesar dos esforços de todos para agirem como se nada fora do comum tivesse ocorrido, realmente ninguém conseguiu fazê-lo. Poliana, Jamie e Jimmy exageraram um pouco de alegria, talvez; e os outros, sem saber exatamente o que tinha acontecido, evidentemente sentiram que algo não estava certo, embora eles claramente tentassem esconder o fato de que se sentiam assim. Então, em tal situação, era impossível desfrutar-se de tranquilidade e bem-estar. Mesmo o esperado jantar de peixe não tinha sabor. Antes da hora, o grupo voltou para o acampamento.

De volta à casa, Poliana esperava que o infeliz episódio do touro bravo fosse esquecido. Só que não podia deixar de se lembrar do caso e, assim, não podia censurar os outros por se lembrarem também.

Pensava naquilo sempre que olhava para Jamie. Ela viu novamente a agonia em seu rosto, o sangue em suas mãos. Seu coração doía por ele, e porque doía tanto, sua mera presença se tornou uma dor para ela. Com remorso, teve de admitir, para si mesma, que já não sentia prazer em conversar com Jamie, o que não a impedira de estar muitas vezes com ele. De fato, ficava ao seu lado mais vezes do que antes. Com medo de que o rapaz percebesse o que ela realmente sentia, não perdia ocasião de corresponder às suas manifestações de afeto. Às vezes, ela própria tomava a iniciativa de procurá-lo. Não precisava fazer isso com frequência, até porque Jamie parecia estar se voltando para ela em busca de companhia.

A razão para isso, acreditava Poliana, estava no mesmo incidente do touro e do resgate. Não que Jamie alguma vez se referisse a isso diretamente. Ele nunca fez isso. Mostrava-se mais alegre que de hábito. Mas Poliana tinha a impressão de sentir, por trás daquela expansão, uma amargura que antes não existia. Às vezes, Jamie evitava a companhia dos outros e não continha um suspiro de alívio quando tinha ocasião de ficar a sós com Poliana. Esta pensou que sabia o que o levava a agir desse modo, depois do que ele lhe disse, um dia, quando viam os outros jogando uma partida de tênis:

— Não há ninguém, Poliana, capaz de me entender como você.

— Entender? — A princípio, Poliana não sabia o que ele queria dizer.

Eles estavam observando os jogadores por cinco minutos sem uma palavra entre eles.

— É isso, Poliana — disse Jamie. — Você também já ficou sem poder andar.

— Ah!... sim... — gaguejou Poliana, percebendo que a expressão de seu rosto refletia perfeitamente o que lhe ia na alma, pois Jamie tratou de mudar de assunto, dando uma risada:

— Vamos, Poliana, por que não me pede para fazer o jogo do contente? Eu teria pedido, em seu lugar. Perdoe-me. Fui um idiota, fazendo você ficar assim. Esqueça isso!

— Não, não! Por favor! — protestou Poliana, esforçando-se para sorrir.

Não podia simplesmente esquecer. E tudo a tornou ainda mais desejosa de ficar ao lado de Jamie e ajudá-lo como pudesse.

“De agora em diante, quero mostrar que só fico satisfeita quando estou ao seu lado!”, pensou, quando, pouco depois, dispôs-se também a participar do jogo de tênis.

Poliana não era a única do grupo tocada pelo constrangimento. Jimmy Pendleton sentia o mesmo, embora tentasse não demonstrar. De um jovem despreocupado que encarava o futuro com confiança, transformara-se num moço ansioso que vê o rival levando embora a garota que ele amava. Jimmy sabia muito bem que estava apaixonado por Poliana e que isso já vinha de muito tempo: via-se, porém, abalado e impotente diante do que tinha acontecido. Ele sabia que mesmo suas amadas pontes não eram nada quando comparadas com o sorriso e os olhos de uma garota. Compreendeu que a maior preocupação de sua vida era aquele misto de temor e de dúvida que surgira em seu caminho: dúvida por causa de Poliana, medo por causa de Jamie.

Quando viu Poliana em perigo de vida, naquele dia no pasto, percebeu como o mundo — o seu mundo — ficaria vazio sem ela. E durante aquela corrida selvagem de vida ou de morte, com Poliana nos braços, pôde perceber como ela era preciosa para ele. Por um instante, apertando-lhe o corpo contra o seu, sentiu que realmente ela era sua. E mesmo naquele momento de perigo ele conheceu a emoção da felicidade suprema. Depois, mais tarde, vira o rosto de Jamie e suas mãos sangrando. Isso só podia significar uma coisa: Jamie também amava Poliana, e teve que permanecer inerte, “preso a duas muletas” — como ele dissera. Jamie, inerte, “preso a duas muletas”, enquanto outro homem resgatava a mulher que ele amava.

Jimmy voltara para o acampamento, naquele dia, com um turbilhão na cabeça, mistura medo e rebeldia. Imaginava se Poliana se interessava por Jamie — disso vinha o seu medo. E mesmo que ela não estivesse interessada, deveria ele próprio manter-se de lado, deixando que Jamie, sem esforço algum, fizesse-a interessar-se por ele cada vez mais? Foi aí que veio a rebelião. Na verdade, não, ele não faria isso, decidiu Jimmy. Deve ser uma luta justa entre eles.

Então, sozinho como estava, Jimmy corou até as raízes de seu corpo. Poderia ser justa uma luta entre ele e Jamie? Poderia qualquer luta entre ele e Jamie ser uma luta “justa”? Jimmy sentiu de repente como se sentira anos antes, quando, ainda menino, desafiara um menino para uma luta por uma maçã que ambos reivindicaram, então, no primeiro golpe, descobriram que o garoto tinha um braço aleijado. Ele havia perdido de propósito, é claro, e tinha deixado o menino aleijado vencer. Agora, porém, o caso era diferente. Não estava em jogo uma maçã, e sim a felicidade de uma vida. Podia ser também a felicidade da vida de Poliana. Talvez ela não se interessasse por Jamie e sim por ele, Jimmy, seu velho amigo. Bastaria que ele lhe mostrasse que desejava o seu interesse. E ele iria mostrar a ela. Mais uma vez sentiu um fogo no rosto e fechou a cara, furioso. Mas ele também franziu a testa, zangado: Se ao menos pudesse esquecer a desolação de Jamie quando lamentava viver "preso a duas muletas"! Se ao menos... De que adiantava, porém? Não era uma luta justa, e ele sabia disso. Ou melhor, ficou sabendo a partir de então. Sua decisão estava tomada: observar e esperar. Daria a Jamie uma oportunidade. E se Poliana mostrasse que se interessava mesmo, ele se afastaria de suas vidas e nenhum dos dois saberia quanto ele sofrera. Voltaria às suas pontes, como se elas pudessem se comparar a Poliana. Mas faria isso — tinha de fazê-lo.

Era uma decisão heroica, e Jimmy ficou tão exaltado que parecia quase feliz quando, afinal, adormeceu naquela noite. Mas o martírio na teoria e na prática difere lamentavelmente, como os aspirantes a mártires descobriram desde tempos imemoriais. Estava tudo muito bem decidir sozinho e no escuro que daria a Jamie sua chance. Mas era muito diferente ver Poliana e Jamie juntos. Além disso, ele se preocupava com a aparente atitude dela para com o Jamie. Era como se ela se interessasse muito pelo rapaz, tão preocupada com o seu bem-estar e desejosa de demonstrar que gostava de lhe fazer companhia. Depois, como para esclarecer qualquer possível dúvida por parte de Jimmy, Sadie Dean lhe falou certo dia a respeito do assunto. Estavam na quadra de tênis e Sadie estava sentada, sozinha, quando Jimmy se aproximou dela e perguntou:

— Vai jogar a próxima partida com Poliana, não vai?

Ela balançou a cabeça.

— Poliana não vai jogar mais esta manhã — disse a moça.

— E por quê? — estranhou Jimmy, que esperava disputar uma partida com Poliana.

Por um breve minuto, Sadie Dean não respondeu, então com dificuldade ela disse:

— Ela me disse ontem à noite que estamos jogando tênis em demasia. Não é bom para Jamie Carew, que não pode jogar.

— Eu sei, mas... — Jimmy não continuou, não sabia o que dizer e, logo em seguida, teve uma certa surpresa com a entonação da voz de Sadie Dean, que dizia:

— Mas ele não quer que nenhum de nós deixe de fazer as coisas por causa de sua enfermidade. É o que mais o aborrece. Poliana não entende! Eu, sim, compreendo. Ela pensa que sabe o que está dizendo.

Algo nas palavras de Sadie ou no modo de pronunciá-las provocou súbita compaixão em Jimmy. Quis fazer uma pergunta, hesitou e, afinal, falou:

— Acha, por acaso, que existe algum interesse especial entre os dois, um pelo outro, ou não?

— Ainda não notou? — A moça lhe lançou um olhar sarcástico. — Ela o adora! Ou melhor: os dois se adoram.

Jimmy nada disse. Virou as costas e foi embora. Não desejava continuar a conversar com Sadie. E nem reparou que também Sadie Dean virara as costas e ficou olhando a grama a seus pés, como se tivesse perdido alguma coisa. Era evidente que também não desejava falar daquele assunto.

Jimmy saiu pensando que não era verdade o que Sadie dissera. Mesmo assim, verdadeiro ou falso, ele não conseguia esquecer. E diante de seus olhos parecia uma sombra — sempre que via Poliana e Jamie juntos. Observava a fisionomia dos dois, prestava atenção ao tom de suas vozes. E concluiu que era verdade, sentindo no coração um peso mais forte. Fiel à sua promessa, afastou-se, resoluto. A sorte estava lançada — dizia a si mesmo. Poliana não era para ele.

Seguiram-se dias inquietos para Jimmy. Afastar-se inteiramente da propriedade dos Harrington, ele não ousava, para que não suspeitassem de seu segredo, e mesmo sabendo que ficar com Poliana era, agora, uma tortura. Mesmo com Sadie era não era agradável — não podia esquecer que fora ela que afinal lhe abrira os olhos. Jamie, é claro, poderia ser uma companhia amena em tais circunstâncias. Restava apenas Ruth

Carew, e Jimmy só encontrava consolo em sua companhia. Alegre ou séria, ela sempre achava a atitude adequada e era surpreendente verificar como se mostrava bem-informada a respeito de pontes que ele iria construir. Além do mais, era atenciosa e compreensiva, sabendo sempre a palavra certa que devia dizer.

Certo dia, Jimmy quase lhe falou do "pacote", mas John Pendleton o interrompeu e a conversa mudou de rumo. Pendleton sempre os interrompia no instante errado, pensava Jimmy, às vezes, um tanto irritado. Mas, ao se lembrar de tudo que John Pendleton havia feito por ele, sentia remorso.

O "pacote" era uma coisa que vinha da infância de Jimmy e que nunca fora mencionada a ninguém, exceto a John Pendleton, e somente uma vez, quando adotara o menino. O "pacote", na verdade, era um grande envelope branco, gasto pelo tempo e fechado com um selo vermelho. Fora entregue a Jimmy pelo pai e trazia, por fora, as seguintes instruções, escritas pela mão do pai:

"Para meu filho Jimmy. Não deve ser aberto até seu trigésimo aniversário, a menos no caso de sua morte, quando, então, deverá ser aberto imediatamente."

Houve momentos em que Jimmy especulava bastante sobre o conteúdo desse envelope. Outras vezes, esquecia de sua existência. Quando estava no orfanato, vivia com medo de que o envelope fosse descoberto e furtado. Guardava-o sempre no forro da roupa. Nos últimos anos, por sugestão de John Pendleton, o "pacote" foi colocado no cofre.

— Pois não há como saber o quão valioso pode ser — explicara. — De qualquer modo, eu queria que você o guardasse, e não se pode correr o risco de perdê-lo.

— Claro que não quero perdê-lo — concordou Jimmy. — Não acho, porém, que tenha grande valor. Meu pai nada tinha, eu sei.

Fora aquele "pacote" que Jimmy quase estivera a ponto de mencionar à senhora Carew, certo dia. E o teria feito, se John Pendleton não o tivesse interrompido.

"Afinal", pensou Jimmy, depois, quando voltava para casa, "talvez tenha sido bom não lhe ter falado. Ela podia pensar que meu pai procurava esconder, em sua vida, algo que não fosse correto. Não quero que pensem mal de meu pai".

Capítulo XXV

O jogo e Poliana

Antes de meados de setembro, os Carews e Sadie regressaram a Boston. Embora sentindo separar-se deles, Poliana suspirou de alívio quando viu o trem partir, não querendo que ninguém percebesse que se sentia aliviada. E tratou de se desculpar, em seus pensamentos: "Não é que eu não goste deles", pensou, enquanto o trem sumia de vista. "É que... eu sofria o tempo todo, com pena de Jamie... e estou exausta. Vai ser ótimo, por algum tempo, voltar à tranquilidade dos velhos dias, com Jimmy."

Poliana, no entanto, não voltou aos velhos tempos tranquilos com Jimmy. Os dias que se seguiram à partida dos visitantes foram calmos, certamente, mas não foram passados "com Jimmy". Este raramente aparecia e, quando aparecia, não era o mesmo Jimmy que Poliana conhecia. Mostrava-se calado, ou, então, alegre e falante, mas visivelmente nervoso, o que era intrigante. Em pouco tempo, Jimmy foi para Boston e, Poliana não o encontrou mais.

A moça ficou surpresa ao constatar o quanto sentia falta dele. Saber que ele se encontrava na cidade e que havia a possibilidade de vê-lo era melhor que o vazio lúgubre da ausência. Até mesmo saber que ele estava na cidade, e que havia uma chance de ele vir, era melhor do que o triste vazio de uma certa ausência; e até mesmo seus humores intrigantes de tristeza e alegria alternadas eram preferíveis a esse silêncio absoluto. Então, um dia, de repente ela disse a si mesma: "Então, Poliana Whittier, não me venha dizer que está apaixonada por Jimmy Bean Pendleton! Será que não pode pensar em outra coisa, senão nele?"

Dali em diante, fez esforços para ficar alegre e despreocupada e tirar Jimmy Bean Pendleton do pensamento. Embora sem intenção, tia Poli ajudou-a. É que, com a partida dos Carews, também fora embora a principal fonte de renda da casa — e Poli Chilton voltara a se preocupar com sua situação financeira.

— Não sei, realmente, Poliana, o que vai ser de nós — dizia com frequência. — Ainda temos um dinheirinho e uma pequena renda, mas não sei até quando isso vai durar. Se a gente pudesse fazer algo para ganhar dinheiro!

Depois de uma dessas lamentações, Poliana leu por acaso um anúncio sobre um concurso de histórias. Era sedutor, com numerosos e valiosos prêmios. Tinha-se a impressão de que ganhar o concurso era a coisa mais fácil do mundo. O anúncio continha um apelo especial que poderia ter sido feito para a própria Poliana:

"Atenção, você que está lendo este anúncio. Se você nunca escreveu uma história antes! Isso não é sinal de que não pode escrever uma. Tente. Experimente, só isso. Não gostaria de ganhar três mil dólares? Dois mil? Mil? Quinhentos, ou mesmo cem? Então, por que não tenta?"

— Ótimo! — exclamou Poliana. — Foi bom eu ter visto o anúncio, eu também posso participar. Acho que posso, é só tentar. Vou dizer à tia Poli que não precisamos nos preocupar mais.

Já a caminho, outra ideia lhe deteve os passos: "Pensando, bem, é melhor não contar", refletiu. "Vai ser muito melhor surpreendê-la!" E naquela noite, Poliana foi dormir projetando o que iria fazer com os três mil dólares.

Começou a escrever sua história no dia seguinte. Com um ar muito importante, arrumou uma boa quantidade de papel, fez a ponta em meia dúzia de lápis e sentou-se a uma escrivaninha na sala de estar. Depois de morder as pontas de dois lápis, escreveu no papel três palavras. Deu, então, um longo suspiro, atirou para um lado o segundo lápis estragado, e apanhou um lápis verde, de uma bela ponta. Este ponto ela olhou com uma carranca meditativa.

"Que complicado!", pensou. "Não sei como eles arranjam os títulos. Acho melhor escrever a história antes e depois pensar num título. De qualquer maneira, não vou desistir." Riscou as palavras que já havia escrito e preparou o lápis para nova tentativa.

Não recomeçou logo. Quando o fez, foi um falso começo, pois, ao fim de meia hora, o papel não passava de um amontoado de linhas riscadas — apenas aqui e ali algumas poucas que haviam sobrado para contar a história. Nesse momento, tia Poli entrou na sala:

— Que é que você está fazendo agora, Poliana?

— Nada demais, titia — respondeu Poliana, rindo e desapontada. — Por enquanto ainda não fiz nada — admitiu tristemente. — É um segredo, e não posso contar ainda.

— Muito bem, faça como quiser — disse Poli. — Mas se está querendo decifrar algo naquelas escrituras de hipoteca que o senhor Hart deixou, é inútil. Já as examinei duas vezes.

— Não, querida, não são os papéis. Trata-se de algo mais interessante. — A moça voltou ao trabalho, estimulada pelo prêmio de três mil dólares.

Por uma meia hora, Poliana escreveu e rabiscou o que havia escrito, mordendo alguns lápis. Depois, exausta, mas não desanimada, juntou papéis e lápis e saiu da sala, pensando: "Acho melhor escrever lá em cima. Pensei que seria bom usar a escrivaninha porque se tratava de um trabalho literário. Mas isso de nada adiantou. Vou escrever em meu quarto."

Mas o quarto, no entanto, provou não ser mais inspirador, a julgar pelas páginas rabiscadas e os lápis mastigados. Logo Poliana viu que era hora de jantar. E pensou: "É melhor preparar o jantar do que escrever isso. Nunca imaginei que fosse tão difícil!"

No mês seguinte, Poliana trabalhou fiel e obstinadamente, mas cada vez se convencia mais que "escrever uma história" não era tarefa fácil. A moça não era dessas pessoas que desistem diante das dificuldades. E havia três mil dólares em jogo, ou um dos prêmios menores, se não conseguisse ganhar o primeiro. Cem dólares, mesmo, já significavam alguma coisa. Assim, dia após dia, ela escreveu, corrigiu, tornou a escrever e, finalmente, escreveu uma história. E, com algumas dúvidas, levou-o a Milly Snow para datilografá-lo.

"Até que está bom, isto é, tem sentido", ia pensando Poliana, ainda cheia de dúvidas, a caminho da casa de Milly. "É uma história muito legal sobre uma garota perfeitamente adorável. Mas estou com medo. Alguma coisa está estranha. De qualquer maneira, é melhor não contar muito com o primeiro prêmio, para não ficar desapontada se ganhar um dos prêmios menores."

Poliana sempre se lembrava de Jimmy quando ia à casa dos Snows, que ficava longe da cidade, pois fora naquela estrada que havia conhecido, anos antes, o fugitivo do orfanato. Pensou nele de novo e sentiu o coração bater um pouco mais acelerado. Depois, num lance de orgulho, o que sempre ocorria quando pensava em Jimmy, apressou o passo, chegou a casa e tocou a campainha.

Como de costume, foi recebida de braços abertos, manifestações de afeto e, em pouco tempo, todos conversavam sobre o jogo do contente. Em nenhuma outra casa de Beldingsville o jogo era praticado com tanto entusiasmo como ali.

— Como você está? — indagou Poliana, depois de explicar a razão de sua visita.

— Muito bem! — exclamou Milly Snow. — É o terceiro serviço que arranjo esta semana. Agradeço muito você me ter feito aprender datilografia... posso trabalhar em casa! Devo isso a você.

— Bobagem! — protestou Poliana.

— Bobagem nada. Em primeiro lugar, eu não poderia fazer isso se não fosse o jogo do contente, pois mamãe melhorou e eu fiquei com mais tempo. Depois que me aconselhou a aprender datilografia, você me ajudou a comprar uma máquina. Devo ou não lhe devo tudo?

Mas mais uma vez Poliana se opôs, mas foi interrompida pela senhora Snow, que estava perto da janela em sua cadeira de rodas:

— Escute, minha filha. Você nem sabe direito o que fez. Mas gostaria que soubesse! Há um pequeno pesar em seus olhos, minha querida, hoje, que não gosto de ver. Você está atormentada e preocupada com alguma coisa, eu sei. Não é para menos: a morte de seu tio, a situação de sua tia, eu entendo. Prefiro não falar disso. Mas há algo que quero dizer e você precisa ouvir, pois não me conformo com essa angústia que vejo em seus olhos sem tentar afastá-la, dizendo-lhe o que fez por mim, por esta cidade e para inúmeras outras pessoas em todos os lugares.

— Que é isso, senhora Snow?! — protestou Poliana.

— Sei o que digo, e você sabe do que estou falando — insistiu a mulher. — Olhe para mim. Quando a conheci, eu era uma criatura irritadiça e chorona, que vivia querendo o que não podia ter e desesperada com o que tinha. Você então me abriu os olhos e me mostrou que o que eu tinha compensava aquilo que eu não tinha.

— Quer dizer que eu era tão impertinente assim? — perguntou Poliana.

— Claro que não, ora! Você não queria ser impertinente, e isso fez toda a diferença do mundo. Você não queria pregar sermões, também. Do contrário, não teria conseguido que eu fizesse o jogo do contente. E veja como isso foi satisfatório para mim e para Milly! Estou tão melhor que já posso me sentar numa cadeira de rodas e percorrer toda a casa. Isso é formidável, não só para mim como, também, para Milly, que tem mais tempo para trabalhar e repousar. O médico disse que tudo isso nós devemos ao jogo do contente. Muitas pessoas na cidade tiveram o mesmo resultado. Nellie Mahoney quebrou o braço, e ficou tão alegre por não ter quebrado a perna, também, que nem se incomodou. A senhora Tibbits perdeu a audição, mas dá graças a Deus por não ter perdido a visão. Lembra-se daquele Joe, apelidado de Joe Desordeiro por causa de seu temperamento? Não briga mais com ninguém. Ensinaram-lhe o jogo do contente, e ele agora mudou. Fique sabendo de uma coisa, minha filha. Não é só em nossa cidade, não. Ontem recebi uma carta de minha prima de Massachusetts e ela me falou sobre a mulher do Tom Payson, que morava aqui. Lembra-se dela? Morava no caminho que leva ao morro dos Pendleton.

— Sim, eu me lembro deles — disse Poliana.

— No inverno em que você foi para o Hospital, ela mudou-se para Massachusetts, onde mora minha prima, essa que me escreveu dizendo que a senhora Payson falou a seu respeito e contou como você a livrara de um divórcio. Agora, o casal pratica o jogo do contente e o tem ensinado a muita gente de lá. Como vê, minha filha, não é só aqui que o seu joguinho está fazendo bem às pessoas. Achei que poderia te ajudar, pois não pense que eu não entendo, querida, que é difícil para você jogar seu próprio jogo - às vezes...

Poliana se levantou, ela sorriu, mas seus olhos brilharam com lágrimas, quando ela estendeu a mão em despedida:

— Obrigada. Às vezes é difícil. Talvez eu precise de alguma ajuda para praticar o meu próprio jogo. Mas, se não conseguir jogar, ficarei alegre sabendo que outras pessoas o praticam melhor do que eu mesma!

Poliana voltou para casa tocada com o que a Sra. Snow disse, ainda havia uma corrente de tristeza em tudo. Ela estava pensando em tia Poli — tia Poli que agora jogava o jogo tão raramente; e ela estava se perguntando se ela mesma sempre jogava.

Talvez eu não tenha sido cuidadosa, sempre, para entender o lado alegre das coisas que tia Poli diz, ela pensou com culpa—; e talvez se eu jogasse melhor, tia Poli jogaria... um pouco. De qualquer forma, vou tentar. Se eu não tomar cuidado, todas essas outras pessoas estarão jogando meu próprio jogo melhor do que eu.

Capítulo XXVI

John Pendleton

Uma semana antes do Natal, Poliana enviou sua história datilografada para participar do concurso. Segundo a revista, o resultado só seria conhecido em abril e Poliana se preparou para a longa espera com a paciência de sempre, refletindo: "De qualquer maneira ficarei alegre durante muito tempo, na esperança de ganhar o primeiro prêmio. E, se não ganhar, terei pelo menos ficado alegre esse tempo todo e também poderei me alegrar por receber um dos prêmios menores." Que ela não ganhasse nenhum prêmio não estava nos cálculos de Poliana.

O Natal não foi alegre na casa dos Harringtons, naquele ano, apesar dos esforços de Poliana. Tia Poli não permitiu qualquer celebração, e assim a moça não pôde dar o mais simples dos presentes a ninguém.

Na véspera do Natal, John Pendleton apareceu. Poli inventou uma desculpa para não o receber, mas Poliana, cansada da companhia da tia, acolheu-o com alegria. Uma nuvem, porém, lhe cobriu a alegria. Pendleton trouxera uma carta de Jimmy que não falava de outra coisa senão dos planos que ele e Ruth Carew faziam para uma grande celebração do Natal no Lar para Meninas Trabalhadoras. Impedida de festejar o Natal, Poliana não queria ouvir falar de comemorações feitas por outra pessoa, especialmente quando essa pessoa era Jimmy. John Pendleton, no entanto, não estava pronto para deixar o assunto de lado, mesmo quando a carta foi lida.

— Vai ser uma festa e tanto! — comentou, guardando a carta.

— Sim, de fato — concordou Poliana, tentando falar com o devido entusiasmo.

— É esta noite, não? Gostaria de estar lá.

— Claro... — murmurou a moça.

— A senhora Carew sabia o que estava fazendo quando convidou Jimmy para ajudá-la — insistiu Pendleton. — Já pensou? Jimmy bancando o Papai Noel para cinquenta moças de uma vez!

— Vai adorar! — disse Poliana, com algum esforço.

— Pode ser. Só que é diferente de aprender a construir pontes, não acha?

— Acho que sim.

— Jimmy é formidável, posso apostar que essas garotas nunca tiveram um momento melhor do que ele lhes dará esta noite.

— S... sim, claro — gaguejou Poliana.

Poliana não gostou de estar gaguejando, enquanto se esforçava para não comparar sua situação em Beldingsville, conversando com Pendleton, à situação em que se encontravam Jimmy e as cinquenta moças em Boston.

Fez-se um rápido silêncio e, olhando pensativo para a lareira, Pendleton disse, afinal:

— A senhora Carew é maravilhosa!

— Concordo! — E dessa vez o entusiasmo da moça era real.

— Jimmy me escreveu contando o que ela tem feito por aquelas moças — continuou Pendleton, sempre fitando a lareira. — Na última carta, ele falou muito de seu próprio trabalho e também a respeito dela. Disse que a admirava desde que a conheceu, não tanto quanto agora, quando ele pode ver o que ela realmente é.

— Ela é uma querida, é isso que a Sra. Carew é — disse Poliana. — Gosto muito dela.

— Não é só você, minha filha. — E John Pendleton encarou a moça com uma expressão diferente na fisionomia.

O coração de Poliana disparou, ferida por súbito pensamento. Jimmy! Estaria Pendleton insinuando que Jimmy se interessava daquele modo por Ruth Carew?

— O senhor está querendo dizer... — Mas não pôde concluir a frase.

— Estou me referindo às moças, naturalmente — esclareceu Pendleton, levantando-se. — Não acha que aquelas cinquenta moças a adoram?

Poliana murmurou algo apropriado em resposta à explicação de Pendleton. Mas tinha os pensamentos tumultuados e deixou o resto da conversa por conta do visitante, enquanto durou a visita.

Pendleton não se deu por satisfeito. Andou pela sala, voltou a sentar-se e, quando falou, tornou ao mesmo assunto: a Sra. Carew. Disse, olhando para Poliana:

— Será que ele é o seu sobrinho, mesmo?

E, como Poliana não respondeu, continuou:

— Ele é um bom rapaz, de qualquer maneira. Fiquei gostando dele. Há algo bom e genuíno sobre ele. A senhora Carew gosta muito dele, seja ou não seu parente...

Fez-se nova pausa, e John Pendleton prosseguiu, com a voz ligeiramente alterada: — É estranho também que ela não tenha se casado de novo, sendo tão bonita. Você não acha?

— É mesmo — concordou Poliana. — Ela é linda.

A voz da moça se modificou. Poliana viu sua imagem refletida no espelho, e não se achava "linda".

John Pendleton não parava de falar, sem se preocupar em saber se estava sendo ou não ouvido, como se apenas quisesse falar. Até que, com relutância, se pôs de pé e se despediu. Fazia meia hora que Poliana estava ansiosa para que fosse embora e a deixasse em paz. Mas, depois que ele saiu, desejou que voltasse. Sentiu que não podia ficar sozinha apenas com os seus pensamentos.

Para a moça, tudo estava maravilhosamente claro: Jimmy se interessava pela senhora Carew. Por isso é que ficara mal-humorado e inquieto quando ela partira. Por isso é que passara a vir tão pouco a sua casa. Por isso é que... Pequenos episódios passados afloravam à sua memória, como provas que não podiam ser negadas.

E por que não haveria de interessar-se por uma senhora tão linda e encantadora? É verdade que ela era mais velha que Jimmy, mas era comum rapazes se casarem com mulheres mais velhas, desde que se amassem...

Poliana chorou até dormir naquela noite.

Pela manhã, bravamente ela tentou enfrentar a situação, pondo à prova o seu jogo do contente. Lembrou-se de algo que Nancy lhe havia dito alguns anos antes: "Há namorados que não têm jeito para fazer o jogo do contente... estão sempre brigando." E Poliana, então, pensou: "Não é que estejamos brigando ou mesmo que sejamos namorados, mas posso ficar alegre porque ele está contente e ela também, mas..." A moça corou, e nem mesmo para si própria pôde concluir o pensamento.

Tendo tanta certeza agora de que Jimmy e a Sra. Carew se importavam um com o outro, Poliana se tornou sensível a tudo que fosse capaz de fortalecer aquela crença e, sempre alerta a tal respeito, não deixou de encontrar o que esperava. Primeiro, nas cartas de Ruth. Numa delas, a senhora Carew escrevera:

Tenho estado muitas vezes com o seu amigo, o jovem Pendleton, e cada vez gosto mais dele. Desejaria poder descobrir a origem dessa impressão de já tê-lo visto antes em algum lugar.

Frequentemente, depois disso, ela o mencionava casualmente, a casualidade de tais referências constituía prova indiscutível da assiduidade dos encontros entre os dois — não havia dúvida. Recebera também cartas de Sadie Dean, falando de Jimmy e do que ele fazia para ajudar a senhora Carew. O próprio Jimmy, que escrevia de vez em quando, ajudou a aumentar as suspeitas da moça. Em certa carta, ele escrevera:

São dez horas da noite. Estou sozinho, esperando a senhora Carew. Ela e Sadie, como de costume, ocupam-se com as suas obrigações de assistência social, no Lar das Moças.

Do próprio Jimmy, Poliana raramente ouvia; e por isso ela disse a si mesma com tristeza que poderia ficar feliz.

Mas pensou: "Se não pode falar de outra coisa que não sejam a senhora Carew e aquelas moças, é melhor me esquecer e não me escrever!" — ela suspirou.

Capítulo XXVII

O dia em que Poliana não jogou

E assim, um a um, os dias de inverno foram passando. Janeiro e fevereiro desapareceram na neve e no granizo, e março chegou com uma ventania assobiando ao redor da velha casa. Poliana não estava achando muito fácil nos dias de hoje jogar o jogo, mas ainda assim o praticava. Tia Poli não se interessava pelo jogo e isso não facilitava a Poliana fazê-lo. A tia andava abatida, não se sentia bem e se deixava dominar pela tristeza.

Poliana ainda tinha esperança de ganhar o prêmio do concurso, mas transferira tal esperança do primeiro para os prêmios menores. Poliana vinha escrevendo mais histórias, e a regularidade com que vinham de volta de suas peregrinações aos editores de revistas estava começando a abalar sua fé em seu sucesso como autora.

"Assim mesmo, fico contente, porque tia Poli não sabe disso", dizia Poliana para si mesma, enquanto rasgava mais uma carta que devolvia seus originais com agradecimentos. "Ela não tem de se preocupar com isso, não sabe de nada."

A vida de Poliana girava em torno de tia Poli, mas duvidava de que a própria senhora Chilton percebesse como a sobrinha lhe era dedicada. Foi em um dia particularmente sombrio de março que as coisas chegaram, de certa forma, ao clímax. Poliana, ao se levantar, olhou para o céu com um suspiro. Tia Poli sempre era mais difícil em dias nublados. Com uma musiquinha alegre, no entanto, que ainda soava um pouco forçada, Poliana desceu para a cozinha e começou a preparar o café da manhã.

— Acho que vou fazer bolinhos de milho — disse ao fogão. — É a coisa de que tia Poli mais gosta.

Meia hora depois, bateu à porta do quarto da tia:

— Que ótimo! Já de pé tão cedo. E já se penteou, a senhora mesma!

— Não consegui dormir — respondeu a tia. — Tive de me levantar cedo e pentear o cabelo sozinha. Você não estava aqui.

— Pensei que a senhora ainda estava deitada — disse Poliana. — Mas a senhora vai gostar quando souber o que eu estava fazendo na cozinha.

— Como é que posso gostar de alguma coisa numa manhã assim? — resmungou Poli. — Olhe, já está chovendo! É a terceira vez que chove esta semana!

— Isso mesmo, mas você sabe que o sol nunca parece tão perfeitamente lindo como depois de muita chuva como esta. E enquanto ajeitava a gola do roupão da tia, acrescentou:

— Agora, venha ver a surpresa que lhe preparei. Vai gostar.

Nem mesmo os bolinhos de milho entusiasmaram Poli naquela manhã. Queixava-se de tudo, sem parar. E foi preciso que Poliana tivesse muita paciência para se mostrar bem-humorada até o final da refeição.

Para piorar ainda mais a situação, o telhado sobre a janela leste do sótão estava vazando e o correio trouxe uma carta desagradável. Fiel ao seu credo, Poliana disse que, de sua parte, sentia-se feliz por ter um teto, mesmo com uma goteira quando chovia. E quanto à carta, já a esperava fazia uma semana. Agora, não tinha que se preocupar com o medo de recebê-la.

Tudo isso, juntamente com diversos outros obstáculos e aborrecimentos, fez com que o trabalho da manhã fosse adiado para a tarde, para desgosto da metódica tia Poli — habituada a ordenar sua vida de acordo com os ponteiros do relógio.

— Sabe que já são três e meia, Poliana? E você ainda não arrumou as camas.

— Ainda não, titia, mas vou arrumar. Não se preocupe.

— Você ouviu o que eu disse? Olhe para o relógio, minha filha. Já passa muito de três horas!

— Eu sei, tia Poli. Graças a Deus ainda não são quatro horas. Isso pode nos deixar contentes.

— Eu suponho que você pode —a tia observou sarcasticamente.

— Sabe de uma coisa, titia? — E Poliana deu uma risada. — Os relógios são bons quando a gente sabe usá-los. Descobri isso há muito, no Hospital. Quando eu estava ocupada com alguma coisa agradável e não queria que o tempo passasse depressa, olhava o ponteiro das horas e achava que o tempo passava devagar. E quando eu fazia uma coisa desagradável, olhava para o ponteiro dos minutos e tinha a impressão de que o tempo voava. Agora, estou olhando para o ponteiro das horas: não quero que o tempo passe muito depressa. Entendeu? — E saiu da sala antes que a tia tivesse oportunidade de responder.

Foi um dia duro, sem dúvida. Quando a noite chegou, Poliana estava pálida e abatida. E isso preocupou Poli:

— Você está muito abatida, minha filha! Não sei o que fazer. Suponho que vai ficar doente!

— Não é nada, titia, que bobagem! — Poliana se estendeu no sofá. — Só estou um pouco cansada. Estou alegre de me sentir cansada, pois é muito bom descansar!

— Alegre, alegre! — Poli fez um gesto de impaciência. — É claro que você está alegre, eu nunca vi uma garota assim. É o tal jogo, eu sei. Só acho que você leva isso longe demais. Essa história de que "podia ser pior" está mexendo com meus nervos. Para falar com franqueza, eu me sentiria aliviada se você não ficasse contente com coisa alguma, por algum tempo, é claro!

— Por que, titia?! — espantou-se Poliana, levantando-se.

— Isso mesmo que eu disse. Experimente uma vez e veja.

— Mas, titia...

Poliana parou e olhou sua tia pensativamente. Um olhar estranho surgiu em seus olhos; um sorriso lento curvou seus lábios. A Sra. Chilton, que havia voltado ao seu trabalho, não prestou atenção; e, depois de um minuto, Poliana deitou-se no sofá sem terminar a frase, o sorriso curioso ainda nos lábios.

Chovia de novo quando Poliana se levantou na manhã seguinte. O vento continuava a uivar. A moça chegou à janela e deu um suspiro. Mas quase imediatamente seu rosto mudou e ela disse:

— Estou tão feliz... — Levou as mãos aos lábios, apertando-os e murmurou: — Meu Deus! Já ia esquecendo! Não posso me esquecer, para não estragar tudo. Tenho que não ficar contente hoje com coisa alguma.

Não preparou bolinhos de milho para a refeição matinal. Subiu ao quarto da tia, que ainda estava na cama.

— Vejo que chove, como sempre— observou ela, como forma de saudação.

— Sim — confirmou Poliana. — É horrível! A semana toda chovendo! Detesto chuva!

Poli se virou, surpresa, mas Poliana olhava para o outro lado. Perguntou à tia, em tom indiferente:

— A senhora vai se levantar agora?

— Vou, sim — respondeu Poli, ainda surpresa. — Por que pergunta, Poliana? Está muito cansada?

— Estou cansadíssima. Não dormi direito e o que mais odeio é perder o sono. É horrível levantar no dia seguinte sem ter dormido bem à noite.

— Sim, estou cansada esta manhã. Também não dormi bem. As coisas sempre atormentam à noite, quando você acorda. E aquela goteira! Quando é que a gente vai poder consertar o telhado, com esta chuva que não para?

— O pior é que apareceu outra goteira! — disse Poliana.

— Outra goteira! Só me faltava isso!

Poliana quase disse que, afinal, havia a vantagem de consertar as duas goteiras de uma só vez, mas se conteve e falou:

— Estou com medo de que o telhado desabe! — E virando o rosto para o outro lado, Poliana saiu do quarto para a cozinha, dizendo a si mesma: "Vou acabar aprontando uma confusão. Não é fácil."

Em seu quarto, Poli estava cada vez mais surpresa. E teve ocasião, até às seis da tarde daquele dia, de observar Poliana muitas vezes. Nada dava certo com sua sobrinha: o fogo não acendia, o vento rasgou uma cortina e uma terceira goteira apareceu no telhado do sótão. Chegou uma carta para Poliana que a fez chorar (Poli não conseguiu saber o que dizia a carta). Até o almoço ficou ruim e, à tarde, e inúmeras coisas aconteceram à tarde para provocar comentários irritados e desencorajados.

A surpresa nos olhos de Poli foi se transformando em suspeita. Mas se notou isso, Poliana fingiu que não. Antes das seis horas, porém, a suspeita de Poli se fez convicção. Só que, curiosamente, passou a estampar no rosto uma expressão irônica. Até que, depois de uma queixa de Poliana, ela ergueu os braços em gesto de desespero meio cômico:

— Chega, minha filha! Confesso-me derrotada em meu próprio jogo. Pode ficar alegre com isso, se quiser.

— Bem, titia, eu sei. Mas a senhora disse...

— Não vou dizer mais — interrompeu Poli. — Misericórdia, que dia foi esse! Eu nunca quero viver por outro igual. — Hesitou, corou um pouco, e depois acrescentou, com dificuldade: — Além disso, quero... que você saiba que não fiz o jogo... muito bem, ultimamente. Agora, vou tentar... Onde está o meu lenço? — ela terminou bruscamente, remexendo nas dobras de seu vestido.

Poliana se levantou e correu para ela:

— Tia Poli, eu não queria... Foi só uma brincadeira. Não pensei que a senhora fosse levar para esse caminho.

— Claro que não — retrucou tia Poli, com toda a aspereza de uma mulher severa e reprimida que abomina cenas e sentimentos, e que teme mortalmente que ela mostre que seu coração foi tocado. — Você não acha que eu sei que você não quis dizer isso? Você acha que, se eu pensasse que você estava tentando me ensinar uma lição, eu... eu...

Poliana envolveu a tia em um abraço apertado, e ela não conseguiu terminar a frase.

Capítulo XXVIII

Jimmy e Jamie

Não era somente Poliana que achava que o inverno custava a passar. Em Boston, Jimmy Pendleton, apesar dos árduos esforços para ocupar tempo e pensamentos, descobria que nada era capaz de apagar a visão de dois risonhos olhos azuis e nada apagava de sua memória uma certa voz alegre e bem-amada. Jimmy dizia a si mesmo que, se não fosse a senhora Carew e o fato de poder ajudá-la, não suportaria uma vida tão castigada pela saudade. Mesmo na casa de Ruth Carew não conseguia se distrair, pois sempre Jamie estava lá, e Jamie o fazia pensar em Poliana — pensamentos infelizes.

Estando completamente convencido de que Jamie e Poliana se importavam um com o outro, e que a honra lhe impunha o dever de não apelar para a sua superioridade sobre o rival e afastá-lo da mulher amada, nunca lhe ocorreu a ideia de se informar melhor. Não gostava de falar ou de ouvir falar sobre Poliana. Sabia que Jamie e a Sra. Carew recebiam notícias da moça e, quando eles falavam a seu respeito, tinha de ouvi-los, apesar de seu sofrimento. Sempre que podia, porém, mudava de assunto, e as cartas que escrevia a Poliana eram as mais resumidas possíveis. Para Jimmy, Poliana nada mais era que uma fonte de dor e miséria. Ficara contente quando chegara a hora de sair de Beldingsville e retomar seus estudos em Boston: era uma tortura estar perto de Poliana e sentir-se tão longe do coração dela.

Em Boston, com todo o fervor de uma mente inquieta que busca distração de si mesma, ele se lançara à execução dos planos da Sra. Carew.

Assim se passara o inverno para Jimmy e chegara a primavera, uma alegre primavera desabrochando cheia de brisas suaves, chuvas suaves e botões verdes expandindo-se em floração e fragrância desenfreadas. Mas em seu coração ainda não havia nada além de um inverno sombrio de descontentamento.

"Se eles resolvessem as coisas, anunciando de uma vez o noivado!", pensava. "Se eu pudesse ao menos ter certeza de alguma coisa, acho que ficaria aliviado!"

Um dia no fim de abril, satisfez o seu desejo ou parte dele. Eram dez horas da manhã, e Mary o conduziu à sala de música da senhora Carew, dizendo:

— Vou dizer à senhora que o senhor está aqui. Ela está à sua espera.

Na sala de música, Jimmy, instintivamente, quase recuou ao ver Jamie ao lado do piano, a cabeça inclinada para a frente. O visitante ia afastar-se, mas, antes, lhe perguntou:

— Então, Carew, aconteceu alguma coisa?

— Se aconteceu! — exclamou Jamie, com os braços abertos e, agora, com uma carta aberta em cada mão. — Aconteceu, sim! Já imaginou alguém que esteve a vida toda numa prisão e, de repente vê os portões escancarados? Já imaginou se, de repente, a gente pode pedir em casamento a mulher que ama? Pode imaginar se... Você deve estar pensando que fiquei louco, mas não fiquei. Talvez esteja doido de alegria. Quer ouvir? Preciso contar a alguém!

Jimmy Pendleton ergueu a cabeça como se estivesse preparando-se para o golpe. Pálido, falou, contudo, com voz firme:

— Claro que quero ouvir, meu amigo. E com prazer.

Jamie Carew não esperou pelo consentimento, e já falava:

— Não é muito para você, é claro. Você tem dois pés e sua liberdade. Tem as suas ambições, as suas pontes. Para mim, porém, isso é tudo. É a oportunidade de viver como um homem e de trabalhar como um homem, ainda que não seja construindo pontes e barragens. Escute. Nesta carta veio a comunicação de que um conto meu ganhou o primeiro prêmio num concurso. Três mil dólares. Nesta outra, uma importante editora informa que quer editar o meu primeiro livro. As duas cartas chegaram hoje. Não é de se ficar loucamente feliz?

— Eu o parabenizo, de todo o coração! — exclamou Jimmy.

— Obrigado. Há boas razões para me parabenizar. Imagine só o que representa para mim poder ganhar a vida, ser independente, poder, algum dia, fazer com que a senhora Carew se sinta orgulhosa e feliz de ter dado a um pobre inválido um lugar em seu lar e em seu coração. Imagine o que significa para mim poder dizer à mulher que amo que eu a amo!

— É claro, meu amigo! — A voz de Jimmy ainda era firme, mas ele ficou pálido.

— Bem, talvez não deva fazer isso agora mesmo — continuou Jamie, com uma sombra de tristeza nos olhos. — Ainda estou preso a isto. — E mostrou as muletas. — É claro que não posso me esquecer do que aconteceu naquele dia no campo, no verão passado com Poliana. Percebo que sempre terei que correr o risco de ver a garota que amo em perigo, e não poder salvá-la.

— Mas, Carew... — começou Jimmy, mas Jamie ergueu o abraço, e disse:

— Eu sei o que você diria, mas não diga. Você não pode compreender, não vive preso a duas muletas. Foi você quem a salvou, não eu. Entendi, então, como será sempre comigo e Sadie. Tendo que ficar de lado e ver os outros...

— Sadie?! — perguntou Jimmy, espantado.

— Ela mesma, Sadie Dean! — exclamou Jamie. — Está surpreso? Não sabia? Não desconfiava de que a amo? Quer dizer que consegui esconder tão bem? Sempre procurei esconder, mas... — Jamie se calou, com um sorriso fraco e um gesto meio desesperado.

— Sem dúvida, você soube esconder, e muito bem — disse Jimmy alegremente, recuperando a cor. — Então é Sadie Dean. Ótimo. Meus parabéns!

Jimmy não podia conter em si a alegria de descobrir que era Sadie e não Poliana a moça que Jamie amava. Este último, porém, balançou a cabeça com tristeza:

— Ainda não é caso para parabéns. Ainda não falei com ela. Claro, ela tem que saber. Mas quem foi que você pensou que fosse... em vez de Sadie?

— Pensei que fosse Poliana.

Jamie sorriu e apertou os lábios.

— Poliana é encantadora — Jamie sorriu. — Gosto muito dela, mas não assim, e não mais do que ela gosta de mim. Depois, acho que há um outro que gosta dela.

— É mesmo? — perguntou Jimmy, corando e tentando falar com naturalidade.

— John Pendleton.

— John Pendleton!? — exclamou Jimmy, estarrecido.

— Que é que estão falando a respeito de John Pendleton? — perguntou Ruth Carew, entrando na sala.

Jimmy custou a se refazer e a articular um cumprimento. Jamie, porém, respondeu confiante:

— Estava dizendo que só John Pendleton pode dizer se Poliana gosta de outra pessoa... que não seja ele mesmo.

— Poliana! John Pendleton! — exclamou Ruth Carew, deixando-se cair sentada em uma cadeira.

Se os dois rapazes à sua frente não estivessem tão profundamente absortos em seus próprios assuntos, poderiam ter notado que o sorriso havia desaparecido dos lábios da sra. Carew e que um olhar estranho, quase de medo, surgiu em seus olhos.

— Certamente — sustentou Jamie. — Será que vocês estavam cegos no verão passado? Não viram como ele não a largava?

— Ora, pensei que a atitude dele era a mesma que tinha em relação a qualquer um de nós — murmurou Ruth Carew.

— Era muito diferente — insistiu Jamie, acrescentando: — Já se esqueceram que, certo dia, quando falávamos sobre a possibilidade de John Pendleton se casar, Poliana corou e, gaguejando, disse que ele havia querido se casar um dia? Deduzi que havia alguma coisa entre eles. Será que não se lembram?

— Sim! Estou me lembrando, agora que você falou — murmurou a senhora Carew. — Só que tinha me esquecido.

— Posso explicar isso — interveio Jimmy. — John Pendleton teve realmente uma paixão, mas foi pela mãe de Poliana.

— Pela mãe de Poliana?! — exclamaram ao mesmo tempo os dois.

— Foi apaixonado por ela, mas não foi correspondido. Gostava de outro, de um pastor com quem, afinal, se casou. O pai de Poliana.

— Ah, foi por isso que ele nunca se casou! — exclamou Ruth.

— Certo — disse Jimmy. — Como estão vendo, ele não gosta de Poliana, não é o caso. Gostava da mãe dela.

— Eu acho que isso quer dizer que ele gosta de Poliana — insistiu Jamie. — Gostou da mãe e não pôde se casar com ela. Não é natural que agora ame a filha e tente conquistá-la?

— Ora, Jamie! — discordou a senhora Carew. — Você é um incorrigível inventor de histórias. Não se trata de um romance, é a vida real. Poliana é jovem demais para ele. Ele deve se casar com uma pessoa mais velha, não com uma mocinha. Se quiser se casar... — corrigiu, corando de súbito.

—Mas e se ela for a mulher que ele ama? — continuou Jamie. — Pense um pouco. Já viu uma só carta em que ela não fale nele? E, por sua vez, ele não está sempre falando a respeito de Poliana, em suas cartas?

A Sra. Carew ficou de pé de repente:

— Eu sei. Mas... — Não terminou a frase e logo depois retirou-se da sala.

Quando voltou, cinco minutos mais tarde, ficou surpresa ao verificar que Jimmy tinha ido embora:

— Ora, eu pensei que ele iria com a gente ao piquenique das meninas!

— Também pensei — Jamie franziu a testa. — Mas ele se desculpou, dizendo que tinha de fazer uma viagem inesperada. E me pediu para dizer à senhora que não podia seguir conosco. Para falar a verdade, não dei muita atenção ao que ele disse, pois pensava em outra coisa... E ele exultante estendeu diante dela as duas cartas que o tempo todo mantinha em suas mãos.

— Ah, Jamie! — suspirou sra. Carew, depois de ler as cartas. — Como estou orgulhosa de você! Então, de repente, seus olhos se encheram de lágrimas com o olhar de alegria inefável que iluminou o rosto de Jamie.

Capítulo XXIX

Jimmy e John

Um jovem sério, determinado, desembarcou na estação de Beldingsville, tarde da noite de sábado. E foi o mesmo jovem, ainda mais sério que atravessou as ruas tranquilas da pequena cidade e se encaminhou para a mansão dos Harrington, antes das dez horas da manhã do dia seguinte. Avistando uma cabecinha loura que acabava de desaparecer no caramanchão, o jovem ignorou os degraus convencionais da frente e a campainha— atravessou o gramado até o jardim e se viu frente a frente com a dona dos cabelos louros.

— Jimmy! — exclamou Poliana, espantada. — De onde veio?

— De Boston — respondeu o rapaz. — Cheguei ontem à noite, eu precisava ver você.

— Para me... ver? — indagou Poliana, tentando recuperar a compostura. Jimmy era tão alto, forte e tão querido, ali, na entrada do caramanchão, que ela teve medo de que seus olhos refletissem, com demasiada evidência, a admiração, ou algo mais, que a dominava.

— Bem, Poliana — disse o jovem. — Eu queria... isto é... pensei... quer dizer, tive medo... Oh, Poliana! Não posso fazer rodeios. Tive de vir esclarecer de uma vez por todas. É só isso. Senti dificuldades em falar antes. Não preciso ter medo de não ser justo. Ele não é enfermo, como Jamie. Tem pernas e braços e cabeça, como eu, e, para ganhar, terá de lutar em condições de igualdade. Agora, eu tenho direito!

— Jimmy Bean Pendleton. — Poliana o encarou —, do que você está falando?

— Não me admiro de você não ter entendido — admitiu Jimmy, um tanto desapontado. — Acho que não fui muito claro, não é? Mas creio que estou assim desde ontem, quando fiquei sabendo pelo próprio Jamie.

— Ficou sabendo o quê?

— Foi por causa do prêmio. Sabe que ele acaba de ganhar um prêmio e...

— Eu já sabia — interrompeu Poliana. — Foi esplêndido, não? Imagine só, o primeiro prêmio! Três mil dólares! Escrevi para ele ontem à noite. Quando soube que tinha sido Jamie, o nosso Jamie, fiquei tão excitada que esqueci de procurar o meu próprio nome na lista dos premiados. E quando vi que não tinha ganhado prêmio nenhum, fiquei tão contente por causa de Jamie que nem me importei de ter perdido. Me esqueci de tudo, aliás — tentou corrigir a jovem a confissão que fizera de haver participado do concurso.

Jimmy, no entanto, estava muito concentrado em seu próprio problema para notar o dela.

— É claro. Gostei de Jamie ter ganhado o prêmio. Mas eu estava falando do que ele disse depois. Veja, até então eu pensava que... que ele se importava... que vocês se importavam... um com o outro, quero dizer...

— Você pensou que eu e Jamie estivéssemos interessados um pelo outro? — concluiu Poliana. — Que ideia, Jimmy. Ele gosta de Sadie Dean. Falava comigo, horas seguidas, sobre aquela moça. Acho que ela também gosta dele.

— É o que espero, mas eu não sabia. Pensei que vocês dois, sabe... E achei que, como ele é enfermo, você podia considerar uma deslealdade de minha parte... se eu tentasse conquistar você.

Poliana abaixou-se e apanhou uma folha caída a seus pés. Ao se levantar, tinha o rosto voltado para o rapaz ao lado. E Jimmy continuou a falar:

— A gente não pode disputar uma corrida com alguém que não pode correr. Então, eu me afastei, para dar a ele uma oportunidade, embora isso me cortasse o coração. Mas, na manhã de ontem, fiquei sabendo a verdade.

Jamie me disse que há um outro envolvido no caso. Com este, não posso deixar de competir. Não posso, apesar de tudo o que ele fez por mim. John Pendleton tem as duas pernas para disputar a corrida. Está em igualdade de condições. Se você se interessa por ele... se é mesmo verdade que você se interessa por ele...

Mas Poliana se virou, com os olhos arregalados.

— John Pendleton?! — exclamou Poliana, estarrecida. — Que é que está querendo dizer, Jimmy? Que foi que disse a respeito de John Pendleton?

Uma grande alegria transfigurou o rosto de Jimmy. Ele estendeu as duas mãos.

— Então, você não se interessa! Vi em seus olhos. Você não se interessa por ele!

Pálida e muito trêmula, Poliana perguntou de novo:

— Que está dizendo ou querendo dizer, Jimmy?

— Estou querendo dizer que você não se interessa por tio John, dessa maneira. Entende? Jamie acha que você se interessa por ele e ele por você. Então, comecei a pensar que talvez ele se interesse mesmo... Está sempre falando sobre você. E houve o caso com sua mãe...

Poliana escondeu o rosto nas mãos. Jimmy se aproximou, pôs a mão em seu ombro, acariciando-a de leve, mas ela retraiu-se.

— Não faça isso, Poliana! — pediu o rapaz. — Você não se interessa por mim? Você vai partir meu coração!

— Você acha que ele se interessa por mim... dessa maneira, Jimmy? — murmurou Poliana, encarando-o.

— Não pense nisso agora, Poliana — respondeu Jimmy, impaciente. — É claro que não sei, como havia de saber? O problema não é esse, mas você. Se você não se interessa por ele e me der uma oportunidade... — Tentou segurar a mão da moça, mas ela o impediu de fazê-lo, dizendo:

— Não, Jimmy! Não devo! Não posso!

— Está querendo dizer que se interessa por ele, Poliana? — Jimmy empalideceu novamente.

— Não, ora! Não dessa maneira — gaguejou Poliana. — Mas, se ele se interessa por mim, preciso saber de algum modo.

— Poliana!

— Não me olhe assim, Jimmy!

— Quer dizer que você vai se casar com ele?

— Oh, não!... Quer dizer... não sei... acho que sim...

— Não faça isso, Poliana. Você me partirá o coração!

Poliana deu um soluço baixo. Seu rosto estava em suas mãos novamente. Soluçou durante um instante e, depois, encarou Jimmy:

— Eu sei, eu sei! Vou partir meu coração também. Mas tenho que fazer. Vou sofrer muito, você também vai, mas não posso fazê-lo sofrer.

Jimmy levantou a cabeça, e seus olhos tinham um brilho diferente: passara por rápida e maravilhosa mudança. Com ternura, ele pegou Poliana em seus braços e a abraçou, murmurando:

— Agora sei que se importa comigo! Você disse que iria sofrer muito. Então você acha que eu deixaria que você fosse de qualquer homem? Querida, você não entende um amor igual ao meu se pensa que eu permitirei que isso aconteça. Diga que me ama, Poliana! Quero ouvir isso dos seus próprios lábios!

Por um longo minuto, Poliana permaneceu sem resistência no abraço terno que a envolvia; então, com um suspiro meio contente, meio de renúncia, ela começou a se afastar.

— Sim, Jimmy, eu o amo.

O rapaz tentou mais uma vez tomá-la em seus braços, mas algo na expressão do rosto de Poliana o deteve. Ela repetia:

— Eu amo você, é verdade. Mas não posso ser feliz com você e pensar que... Não vê, querido? Preciso, antes, saber... se sou livre.

— Bobagem, Poliana! — protestou Jimmy. — Você é livre!

Poliana balançou a cabeça.

— Não com isso pairando sobre mim, Jimmy. Você não vê? Foi a minha mãe, há muito tempo, que partiu seu coração. E todos esses anos ele viveu uma vida solitária e não amada em consequência disso. Eu não poderia recusar! Você não entende?

Jimmy não via, não podia entender, por mais que Poliana argumentasse. Finalmente, a moça disse:

— Jimmy, querido, temos de esperar. É o mínimo que posso fazer. Espero que ele não esteja interessado em mim. Não creio que esteja, mas preciso saber, ter certeza. Só temos que esperar um pouco, até descobrirmos, Jimmy!

Embora a contragosto, o rapaz teve que se conformar:

— Está bem, querida. Faça o que está desejando. Mas fique sabendo que jamais no mundo um homem ficou aguardando tanto a resposta da mulher que amava, e que também admitia amá-lo, até saber, antes, que um outro homem a rejeitava.

— Preciso esclarecer essa dúvida.

— Vou voltar para Boston. Não pense que desisti de você, contanto que eu saiba que você realmente se importa comigo, minha querida — disse Jimmy, com um olhar que fez bater mais forte o coração de Poliana.

Capítulo XXX

John Pendleton revela seu segredo

Jimmy voltou para Boston naquela noite em um estado que era uma mistura de felicidade, esperança, exasperação e rebelião. Poliana não ficara em situação mais invejável: feliz por saber que Jimmy a amava, mas aterrorizada com a ideia do possível amor de John Pendleton. E o temor estragava qualquer pensamento alegre que lhe ocorresse.

Felizmente para todos os envolvidos, isso não durou muito. Aconteceu que John Pendleton, único capaz de esclarecer tudo, menos de uma semana depois da visita de Jimmy, acabou com a dúvida. Foi no final da tarde de quinta-feira que ele procurou Poliana e, da mesma forma que Jimmy, encontrou-a no jardim e encaminhou-se em sua direção.

Poliana, olhando para o rosto dele, sentiu um súbito aperto no coração e murmurou:

— Chegou a hora! — E involuntariamente virou as costas, como se quisesse fugir.

— Por favor, Poliana! Espere um pouco — pediu o visitante, apressando o passo. — Vim à sua procura. Podemos conversar aqui mesmo? Preciso lhe dizer uma coisa.

— Está bem... — gaguejou Poliana, fazendo força para parecer tranquila.

Tinha corado o rosto e isso não lhe agradava, como também o fato de John Pendleton ter resolvido conversar no caramanchão, local agora sagrado para ela — ligado à lembrança de Jimmy. Pensava:

"Por que havia de ser logo aqui?", mas disse em voz alta:

— É uma linda tarde, não é mesmo?

Não houve resposta. Pendleton acomodou-se num banco, sem mesmo esperar que Poliana se sentasse, um procedimento muito incomum por parte dele. A moça o olhou e notou tão gritante semelhança com a severidade e tristeza de uma fisionomia que conhecia desde que era criança que não conteve uma exclamação de espanto. O visitante não se deu conta: estava pensativo, cabisbaixo. Depois, ergueu a cabeça e encarou Poliana bem nos olhos.

— Poliana...

— Sim, senhor Pendleton.

— Você se lembra como eu era quando você me conheceu?

— Lembro, sim.

— Era um tipo de homem de presença agradável, não era?

Ainda que um tanto perturbada, Poliana tentou sorrir:

— Eu gostava do senhor... — E logo se arrependeu de ter dito isso, tratando de corrigir-se, mas sem o conseguir — Isto é, eu gostava do senhor naquela época.

Esperou, com o coração apertado. As palavras seguintes de Pendleton vieram quase de uma vez:

— Eu sabia que você gostava de mim, minha filha! Que Deus abençoe seu pequeno coração. E foi isso que me salvou. Eu me pergunto, Poliana, se você sabe que a amizade que você me tinha, a confiança que depositava em mim, quando era criança, me fizeram bem e me ajudaram tanto na vida.

Poliana tentou protestar, mas Pendleton, sorrindo, não deixou que ela falasse:

— É isso mesmo! Foi você, ninguém mais. Não sei se você se lembra de outra coisa — acrescentou, enquanto Poliana olhava para a saída do caramanchão furtivamente. — Não sei se você se lembra de ter me dito uma vez que somente a mão de uma mulher e a presença de uma criança podem construir um lar verdadeiro.

Poliana sentiu o sangue subir ao rosto.

— Sim... não... quer dizer, eu me lembro. Agora, penso de outra forma. Quer dizer... tenho certeza de que agora sua casa é um adorável lar e...

— É justamente sobre minha casa que estou falando — interrompeu Pendleton, impaciente. — Você sabe que espécie de lar sempre desejei ter e como minha esperança foi jogada no chão. Não estou culpando sua mãe. Ela apenas obedeceu ao coração. E fez a escolha que lhe pareceu mais sensata. Mas não é engraçado, Poliana, que tenha sido a sua filha que me conduziu ao caminho da felicidade?

Poliana umedeceu os lábios convulsivamente.

— Mas, senhor Pendleton... eu... eu... — E Poliana molhou com a língua os lábios secos.

Mais uma vez o homem ignorou seus protestos com um gesto sorridente:

— Foi você, minha filha, e há muito tempo. Você, com o seu jogo do contente.

— Ah! — exclamou Poliana, aliviada e com a expressão de temor já desaparecendo de seus olhos.

— Durante todos esses anos — continuou Pendleton —, fui me transformando num homem diferente. Mas numa coisa não mudei. Continuo a achar que é indispensável em um lar haver a mão e o coração de uma mulher e a presença de uma criança.

— Bem, a presença de uma criança o senhor conseguiu, com Jimmy — disse Poliana, sentindo que lhe voltava o medo.

— Eu sei — respondeu Pendleton, sorrindo. — Mas hoje não se pode dizer que a presença de Jimmy seja exatamente a presença de uma criança.

— É claro que não...

— Além disso, preciso também da mão e do coração da mulher — acrescentou o visitante, baixando a voz que, agora, quase tremia.

— É mesmo? — Poliana torceu as mãos, nervosa.

Ele havia se levantado de um salto e andava nervosamente de um lado para o outro. Depois, parou e encarou a moça, dizendo:

— Se você estivesse em meu lugar, Poliana, como pediria à mulher amada para fazer da minha velha casa um lar de verdade?

Poliana deu um pulo da cadeira.

— Mas, senhor Pendleton... — E Poliana assustou-se. — Eu não faria coisa alguma. Acho que o senhor é mais feliz assim como é...

Pendleton ficou surpreso e deu um sorriso triste:

— Você acha então que o meu caso é desesperador?

— Desesperador? — estranhou Poliana.

— Isso mesmo. Essa é apenas a sua maneira de tentar suavizar, em outras palavras, dizer que ela não me aceitaria, não é isso?

— Não!... Não... — explicou Poliana, com seriedade aterrorizada. — Ela o aceitaria, sim. Eu estava pensando... bem, pensava que, se a moça não o amar, o senhor seria mais feliz sem ela. E... — A jovem parou de falar ao ver a expressão no rosto de Pendleton.

— Se ela não gostar de mim, claro que não me casarei com ela.

— Eu sei... — disse Poliana, de novo mais aliviada.

— Ela não é mais uma mocinha, ela é uma mulher madura que, presumivelmente, conhece sua própria mente.

— Oh! — exclamou Poliana, tomada de alegria. — Então, o senhor ama uma... — calou-se antes de acrescentar "outra mulher".

— Claro que amo uma mulher — afirmou Pendleton. — É o que estou lhe dizendo. Quis saber sua opinião porque você a conhece tanto ou melhor do que eu...

— É mesmo? Claro que ela terá de gostar do senhor. Nós a faremos gostar. E capaz até de já gostar. Quem é ela?

Houve uma longa pausa antes que a resposta viesse.

— É... é... — Pendleton hesitou. — Ainda não adivinhou? É a senhora Carew.

— Oh! — Poliana tinha a mais intensa alegria estampada no rosto — Que ótimo! Estou tão feliz!

Uma hora mais tarde, Poliana fez uma carta a Jimmy. Uma carta confusa e incoerente — frases incompletas, sem lógica, entusiásticas. Graças a isso, Jimmy ficou sabendo muita coisa: menos pelo que a carta dizia e bem mais pelo que não estava escrito nela. Afinal, não precisava saber mais do que isto:

"Oh, Jimmy, ele não me ama nem um pouco. É outra pessoa. Eu não devo dizer quem é, mas o nome dela não é Poliana."

Jimmy só teve tempo de pegar o trem das sete para Beldingsville - e ele pegou.

Capítulo XXXI

Depois de muitos anos

Poliana estava tão feliz naquela noite depois de enviar sua carta para Jimmy que ela não conseguia guardar para si mesma. Sempre passava pelo quarto da tia, antes de se deitar, para ver se ela precisava de alguma coisa. Esta noite, depois das perguntas habituais, ela se virou para apagar a luz quando um impulso repentino a levou de volta para a cabeceira de sua tia. Um pouco sem fôlego, ela caiu de joelhos.

— Estou tão feliz, tia Poli, que tenho de falar com alguém. Posso contar à senhora?

— Contar o quê? Claro que pode. É uma boa notícia?

— Acho que é, titia. Espero que fique feliz por minha causa. É claro que Jimmy vai lhe dizer, qualquer dia. Mas eu quero falar antes dele.

— Jimmy? — O rosto da Sra. Chilton mudou perceptivelmente.

— Sim, quando ele me pedir em casamento — disse Poliana, radiante. — Estou tão feliz que tive de lhe contar logo!

— Ele vai pedir você em casamento?! — surpreendeu-se Poli Chilton, erguendo-se na cama. — Está dizendo que há alguma coisa séria entre você e Jimmy Bean?

Poliana recuou, consternada.

— Pensei que a senhora gostasse de Jimmy — murmurou Poliana, sem esconder o desapontamento.

— Gosto, sim, mas em seu devido lugar. Ser marido de minha sobrinha não é o lugar dele.

— Tia Poli!

— Por que esse espanto todo, minha filha? Isso tudo é uma tolice, e fico contente de ter acabado, antes que ficasse sério.

— Nesse caso, vou lhe dizer que já ficou sério, tia Poli. Gosto muito dele.

— Pois trate de deixar de gostar, porque não vou permitir que você se case com Jimmy Bean.

— Posso saber por quê, titia?

— Bem, em primeiro lugar porque nada sabemos a respeito dele.

— Como não sabemos? Eu o conheço desde que era criança!

— E o que era ele? Um moleque fugitivo de um orfanato! Não sabemos nada sobre seu povo, de seu sangue.

— Não vou me casar nem com a família dele, nem com o seu sangue.

Com um gesto de impaciência, tia Poli voltou a recostar a cabeça no travesseiro, resmungando:

— Você está me fazendo sentir mal, Poliana. Meu coração disparou e não vou conseguir dormir esta noite. Não podia deixar isso para amanhã?

— Está certo. — Poliana se pôs de pé. — É claro, titia. Amanhã vai ser diferente, a senhora pensará melhor. — E, esperançosa, foi apagar a luz.

Só que Poli não pensou melhor na manhã seguinte. Sua oposição ao casamento parecia determinada. Em vão Poliana implorou e argumentou. Em vão mostrou até que ponto estava envolvida no caso a sua própria felicidade. Tia Poli era obstinada — não aceitava a ideia e, com rispidez, advertia severamente a sobrinha sobre os possíveis males da hereditariedade e o risco de se casar com alguém de família desconhecida. Apelou até para o dever de gratidão, lembrando-lhe os muitos anos que ela passara em sua casa, recebendo amor e proteção, e lhe pediu que não lhe partisse o coração, insistindo naquele casamento, como sua mãe fizera antes, casando-se contra a sua vontade.

Quando Jimmy apareceu, às dez horas, de rosto radiante e olhos brilhantes, encontrou Poliana abatida e amedrontada, tentando, com mãos trêmulas, mantê-lo a distância. Empalidecendo, mas abraçando a jovem, Jimmy lhe pediu uma explicação.

— Que significa isto, querida?

— Oh, Jimmy! Por que você veio? — murmurou. — Ia lhe escrever dizendo que não viesse.

— Mas você me escreveu, querida. Recebi sua carta de tarde, a tempo de tomar o trem.

— Ia lhe escrever de novo. Eu não sabia que... que... não podia.

— Como não podia?! — exclamou Jimmy, nervoso. — Não foi o que você me disse em sua carta, Poliana!

— Por favor, Jimmy! Não me olhe assim. Eu não aguento.

— Que aconteceu, então? Que é que você não pode fazer?

— Não posso me casar com você.

— Você me ama, Poliana?

— Sim. E muito.

— Então, vai se casar comigo! — insistiu Jimmy, tomando-a nos braços.

— Você não compreende, Jimmy. — Poliana tentou se desvencilhar dele. — É tia Poli.

— Tia Poli?

— Ela não quer que eu me case.

— Ora! — exclamou Jimmy, confiante. — A gente dá um jeito. Ela pensa que vai perder você, mas podemos lembrar-lhe de que, ao contrário, vai ganhar um novo sobrinho!

Poliana continuou séria e quase desesperada:

— Você não está compreendendo, Jimmy. Ela... como posso dizer? Ela se opõe... a você... para mim.

— Talvez não devamos censurá-la por isso. Afinal, não sou lá essas coisas! Mas tentarei fazê-la feliz, querida!

— Eu sei. Você me faria muito feliz — concordou Poliana, com lágrimas escorrendo pelas faces.

— Então, por que não me dar uma oportunidade, ainda que ela não concorde a princípio? Talvez, depois que nos casarmos, poderemos convencê-la.

— Não pode ser... — gemeu Poliana. — Depois do que ela disse, não posso me casar sem o seu consentimento. Ela fez muito por mim e agora depende muito de minha ajuda. Ela não está bem, Jimmy. Ultimamente tem se esforçado muito para praticar o jogo do contente, apesar de todas as suas dificuldades.

Depois de um pouco de silêncio, e tomada de súbita decisão, Poliana disse:

— Escute, Jimmy! Se ao menos você pudesse dizer alguma coisa a tia Poli a respeito de seu pai e de sua família...

— É isso? — perguntou o rapaz.

— É... — confirmou Poliana, segurando seu braço com timidez. — Não pense... Não é por minha causa, Jimmy. Eu pouco me importo. Sei que seu pai e sua família devem ter sido gente muito boa e muito nobre, porque você é tão bom e tão nobre... Mas ela... Não me olhe assim, Jimmy!

Com uma espécie de gemido baixo, Jimmy afastou-se dela. Um minuto depois, dizendo algumas palavras quase incompreensíveis, ele saiu da casa. Seguiu à procura de John Pendleton e o encontrou na biblioteca. Perguntou logo que o viu:

— Tio John, o senhor se lembra do envelope que meu pai me deu?

— Claro — respondeu Pendleton. — O que há, meu filho?

— Preciso abrir aquele envelope, tio John.

— Mas... e as condições?

— Esqueça as condições. Preciso fazer isso. Vai abrir?

— Bem... claro que sim, meu filho, se você insiste. Mas... — E Pendleton se calou, constrangido.

— Tio John — continuou Jimmy —, o senhor já deve ter imaginado que eu amo Poliana. Pedi sua mão em casamento, e ela aceitou.

Pendleton ia soltar uma exclamação de surpresa e alegria, mas Jimmy não lhe deu tempo:

— Aceitou, mas disse que ainda não pode se casar comigo, porque a senhora Chilton se opõe. Não me quer para marido de sua sobrinha.

— Como assim?! Os olhos de John Pendleton brilharam com raiva.

— E fiquei sabendo por quê, quando Poliana me perguntou se eu podia revelar à sua tia algo sobre meu pai e minha família.

— Ora essa! — retrucou Pendleton. — Pensei que Poli tinha bom senso. São todos assim... Os Harrington sempre foram muito orgulhosos, sempre com essa conversa de família e de sangue. E você não podia atender ao pedido de Poliana?

— Estava na ponta da minha língua dizer a Poliana que não poderia ter havido um pai melhor do que o meu, quando, de repente, me lembrei do envelope e de suas recomendações. Então, fiquei com medo. Não direi nada, até saber o que há naquele envelope. Há alguma coisa que meu pai não queria que eu soubesse antes dos trinta anos, idade suficiente para suportar qualquer choque. Há um segredo em nossas vidas. Tenho de saber qual é esse segredo, e agora mesmo.

— Não pareça tão trágico, Jimmy — disse Pendleton. — Pode até ser um bom segredo, talvez algo que você vai gostar de saber.

— Talvez. Então, por que ele fazia tanta questão de que eu esperasse até os trinta anos? Não, tio John! Deve ser alguma coisa tão desagradável que exigiria de mim bastante experiência para enfrentá-la. Não estou censurando meu pai. Garanto que é alguma coisa de que ele não teve culpa. Tenho de saber de que se trata. Vá apanhar o envelope, por favor. Está no cofre, não é mesmo?

— Vou buscar — disse Pendleton, levantando-se.

Três minutos depois, o envelope estava nas mãos de Jimmy, mas este o devolveu a Pendleton:

— É melhor que o senhor mesmo leia e diga o que há aí.

— Mas, Jimmy... — o tio começou a protestar, mas aceitou abrir o envelope.

Com um cortador de papel, John Pendleton abriu o envelope e espalhou o conteúdo na mesa. Havia muitos papéis amarrados num bloco e uma folha isolada, que parecia uma carta. Pendleton leu-a em primeiro lugar. Era visível a ansiedade de Jimmy, que não tirava os olhos do rosto do tio. Assim, pôde notar a expressão de surpresa, alegria e algo mais impressa na fisionomia de Pendleton.

— O que é, tio? — perguntou, ansioso.

— Leia você mesmo. — Pendleton lhe entregou a carta.

Jimmy leu:

Os papéis anexos são a prova legal de que meu filho Jimmy é James Kent, filho de John Kent, que se casou com Doris Wetherby, filha de William Wetherby de Boston. Há também uma carta em que esclare-

ço ao meu filho por que guardei ele da família de sua mãe todos esses anos. Se este pacote for aberto por ele aos trinta anos de idade, ele lerá esta, e espero que perdoe um pai que temia perder completamente seu filho, então tomou essa atitude drástica. Se for aberto por estranhos, por causa de sua morte, solicito que a família de sua mãe em Boston seja notificada imediatamente, e que o pacote de papéis seja entregue, intacto, em suas mãos.

John Kent

Jimmy estava pálido e abalado, ao levantar os olhos e encontrar os de Pendleton.

— Isso quer dizer que eu sou o Jamie desaparecido?

— Segundo a carta, há documentos naquele maço que provam tudo — lembrou o outro.

— Eu... o sobrinho da Sra. Carew?

— Com certeza.

— Não posso compreender... Por quê? — disse Jimmy, com o rosto expressando alegria. — Agora sei quem eu sou! Posso contar à senhora Chilton alguma coisa sobre minha família!

— Sem dúvida — concordou John Pendleton. — Os Wetherby de Boston podem remontar diretamente às cruzadas, e eu não sei, acho que ao primeiro ano. Isso deve satisfazê-la. Quanto ao seu pai, ele também veio de boa linhagem, como a senhora Carew me disse. Era um homem excêntrico e não agradava à família, você sabe disso.

— Coitado de meu pai! Que vida ele deve ter vivido comigo todos aqueles anos, sempre temendo ser perseguido. Agora, compreendo o que tanto o intrigava. Certa vez, uma mulher me chamou de Jamie. Meu Deus, como ele ficou zangado! Agora sei por que ele me fez sair naquele dia, sem ao menos esperar a comida. Coitado! Logo depois disso ele adoeceu, ficou com as pernas e os braços paralisados e sem falar direito. Lembro-me de que, quando morreu, tentava me explicar algo a respeito deste envelope. Acho que ele queria me pedir para abri-lo e procurar a família de minha mãe. Na ocasião, pensei que ele me pedia para guardar o envelope com segurança. Prometi a ele que faria isso, mas vi que ele não pareceu se acalmar com a minha promessa. Mas eu não compreendi. Pobre pai!

— Vamos dar uma olhada nos papéis — sugeriu Pendleton, em seguida. — Há uma carta de seu pai para você. Não quer lê-la?

— Claro que sim — concordou Jimmy, para, depois, acrescentar, sorrindo e consultando o relógio: — Só estou pensando na hora em que poderei voltar para junto de Poliana.

— Já sei, meu filho, e não o censuro por isso. Mas acho que, em tais circunstâncias, você deveria primeiro falar com a Sra. Carew e mostrar a ela estes papéis.

Jimmy franziu as sobrancelhas e ponderou:

— Tem razão. É o que vou fazer.

— Se não se importar, vou com você — disse Pendleton. — Tenho um pequeno assunto pessoal e gostaria de ver... sua tia. Podemos seguir no trem das três horas.

— Ótimo! O trem das três! Então, eu sou Jamie! Nem posso acreditar! — exclamou o rapaz, levantando-se e começando a dar passos pelo aposento. — Qual será a atitude da... de tia Ruth?

— E eu fico pensando em mim mesmo. — Havia uma expressão de tristeza no rosto de Pendleton. — Como vai ser? Agora que você vai ficar com ela, onde é que fico eu?

— O senhor? Acredita que alguma coisa no mundo possa me separar do senhor? Ela não vai se incomodar. Tem Jamie e... meu Deus! Agora é que estou me lembrando de Jamie. Vai ser difícil para ele.

— Já pensei nisso — disse John Pendleton. — Mas ele está adotado legalmente, não está?

— Está. Mas não se trata disso. É que ele não é o Jamie de verdade e, ainda por cima, com suas duas pobres pernas enfermas. Coitado! Ouvi o que ele falou a respeito. E tanto Poliana como a senhora Carew me disseram que ele está certo de que é mesmo o Jamie, e se sente feliz com a ideia. Nossa! Não posso fazer uma coisa assim com ele... Que fazer, então?

— Não sei — respondeu Pendleton. — Não vejo outra coisa, a não ser o que estamos fazendo.

Houve um demorado silêncio e Jimmy voltou à sua nervosa caminhada, de um lado para o outro. Até que seu rosto se iluminou:

— Há um meio, e é o que eu vou fazer. Sei que Ruth Carew vai concordar. Não vamos contar! A ninguém, só a ela, a Poliana e a sua tia. Bem, a estas não podemos deixar de contar. É o que vou fazer.

— Certo, meu filho — concordou Pendleton. — Quanto ao resto... não sei...

— Não é da conta de ninguém.

— Não se esqueça de que você está se sacrificando. Pese bastante o que quer fazer.

— Já pesei tudo, e não há peso que resista... com Jamie no outro prato da balança. Não posso fazer uma coisa dessas, só isso.

— Não o censuro, acho que você está certo — disse Pendleton. — Acho que a Sra. Carew também vai concordar com você, sobretudo sabendo que verdadeiro Jamie foi encontrado.

— O senhor deve se lembrar de que ela sempre dizia ter a impressão de que me conhecia de algum lugar — observou o rapaz. —Já estou pronto para partir.

— Mas eu ainda não estou. — John Pendleton sorriu. — Ainda temos muito tempo...

Capítulo XXXII

Um novo Aladim

Ainda que fossem muitos e variados os preparativos de Pendleton para a viagem, todos foram feitos às claras, com duas exceções. Duas cartas, uma dirigida à Poliana e outra à senhora Poli Chilton. Com instruções cuidadosas e minuciosas, as cartas foram confiadas à governanta, Susan, para serem entregues depois que eles tivessem partido. Jimmy não sabia de nada.

Os viajantes estavam se aproximando de Boston quando John Pendleton disse a Jimmy:

— Quero lhe pedir um favor, ou melhor, dois. Primeiro: não diga nada à Sra. Carew até amanhã de tarde. O segundo é que me deixe ir sozinho, como uma espécie de... de seu embaixador. Você só deve entrar aparecer lá pelas quatro horas. Você concorda?

— Claro — respondeu o jovem, sem hesitar. — Fico até satisfeito em fazer tudo assim. Estive imaginando como iria conversar com ela e lhe fazer a revelação. Prefiro que outra pessoa o faça por mim.

— Ótimo! Amanhã cedo telefono para... para a sua tia e marco o encontro com ela.

Fiel à promessa, Jimmy não apareceu na mansão dos Carews senão às quatro da tarde do dia seguinte. Mesmo assim, sentiu-se de repente tão envergonhado que passou duas vezes pela casa antes de reunir coragem suficiente para subir os degraus e tocar a campainha. Uma vez na presença de Ruth Carew, ficou mais tranquilo, sobretudo em razão da atitude que a viúva adotou para enfrentar a situação. A princípio, é verdade, houve algumas lágrimas e exclamações incoerentes. Até Pendleton foi forçado a tirar um lenço do bolso para enxugar as lágrimas. Em pouco tempo, porém, tudo voltou à normalidade — somente os olhares de ternura de Ruth e a alegria de Jimmy e de Pendleton deixavam transparecer que algo fora do comum tinha acontecido.

— Que alívio saber que Jamie tem vivido tão bem! — exclamou a senhora Carew, depois de uma pausa. — Na verdade, Jimmy, é assim que vou continuar a chamá-lo, por razões óbvias pois o nome combina com você, penso que você tem razão em agir assim. Eu também estou fazendo um sacrifício — acrescentou, sem conter as lágrimas. — Teria muito orgulho em apresentá-lo a todos como meu sobrinho.

— Bem, tia Ruth, eu... — começou Jimmy, sem continuar em face de uma exclamação de John Pendleton.

Jamie e Sadie Dean tinham acabado de entrar na sala. Jamie estava pálido, e exclamou:

— Tia Ruth! Tia Ruth! Quer dizer...

Jimmy e Ruth também empalideceram, mas Pendleton continuou calmo e disse:

— Isto mesmo, Jamie, por que não? Eu ia ter de lhe contar tudo, mais cedo ou mais tarde. É melhor contar logo.

Todo o sangue sumiu do rosto da Sra. Carew e do de Jimmy também. John Pendleton, no entanto, avançou alegremente:

— Há pouco tempo, a senhora Carew me tornou o homem mais feliz do mundo, quando disse "sim" a um pedido que lhe fiz, e, se Jimmy me chama de "tio John", por que não terá direito de chamá-la "tia Ruth", de agora em diante?

— Oh! — exclamou Jamie, em puro deleite, enquanto Jimmy, sob o olhar firme de John Pendleton, apenas conseguiu salvar a situação não deixando escapar sua surpresa. Naturalmente, também, naquele momento, a enrubescida Sra. Carew tornou-se o centro do interesse de todos, e o perigo foi ultrapassado. Apenas Jimmy ouviu John Pendleton dizer baixo em seu ouvido, um pouco depois:

— Está vendo, seu jovem patife? Não vou perdê-lo. Você é o sobrinho de nós dois, ao mesmo tempo.

Exclamações e felicitações ainda estavam no auge, quando Jamie, com uma nova luz em seus olhos, virou-se sem avisar para Sadie Dean:

— Vou lhes contar agora, Sadie! — ele declarou triunfante.

Antes de prosseguir, Sadie entendeu logo o que ia ocorrer. E novas exclamações e congratulações se fizeram ouvir, numa alegria geral, todos rindo e apertando as mãos.

Jimmy, contudo, mostrava uma certa tristeza:

— Tudo está bem para vocês. Os pares estão formados. Mas onde eu entro? Posso lhes dizer que, se uma determinada moça estivesse aqui, também eu teria alguma novidade para anunciar a todos.

— Um momento, Jimmy — disse John Pendleton. — Vamos imaginar que eu sou Aladim e vou esfregar minha lâmpada maravilhosa. Senhora Carew, posso chamar Mary?

— Claro — murmurou a Sra. Carew, tão espantada quanto os demais.

Logo a seguir, Mary apareceu à porta e Pendleton perguntou:

— Ouvi dizer que a senhorita Poliana chegou. É verdade?

— Sim, senhor — respondeu a criada. — Ela está aqui.

— Quer fazer o favor de chamá-la?

— Poliana, aqui! — exclamaram todos em coro, enquanto Mary saía. Jimmy empalideceu e depois ficou corado.

— Ela está aqui, sim — explicou Pendleton. — Enviei-lhe ontem um bilhete pela minha governanta. Pedi a ela que viesse lhe fazer companhia por alguns dias, senhora Carew. A pobrezinha está precisando de um descanso, umas férias. Minha governanta ficou tomando conta da senhora Chilton. Também escrevi para ela — acrescentou, voltando-se para encarar Jimmy. — Naturalmente, ela permitiu que Poliana viesse. E agora a moça está aqui.

Poliana surgiu à porta, corada, os olhos arregalados e com uma expressão interrogativa.

— Poliana querida! — exclamou Jimmy, correndo para recebê-la e, num impulso, abraçando-a e beijando-a.

"Peço a Deus que sempre possa ser assim."

— Jimmy! Estão todos olhando! — protestou a moça envergonhada.

— Ora, querida! — disse o rapaz. — Eu a teria beijado mesmo se estivesse no meio da rua em Washington. Olhe para aqueles outros e veja por si mesmo se você precisa se preocupar com eles.

Poliana olhou e viu. Debruçados numa janela, de costas, estavam Jamie e Sadie Dean. Em outra janela, também de costas, John Pendleton e Ruth Carew. Então, Poliana sorriu.

Poliana sorriu tão adoravelmente que Jimmy a beijou novamente.

— Jimmy, querido! Tudo é lindo e maravilhoso! — ela murmurou suavemente. Tia Poli já sabe, e está tudo bem. De qualquer maneira, as coisas tinham de acabar bem. Ela estava começando a ficar triste por minha causa. Agora, está feliz. E eu também, nem é preciso dizer. Jimmy, estou tão alegre, tão feliz, tão feliz, agora, você nem imagina!

Jimmy prendeu a respiração com uma alegria que doeu.

— Peço a Deus que sempre possa ser assim — apertou-a com força entre os braços.

— Tenho certeza que sim — suspirou Poliana, com olhos brilhantes de confiança.

CONFIRA NOSSOS
LANÇAMENTOS AQUI!

www.ingramcontent.com/pod-product-compliance
Lightning Source LLC
LaVergne TN
LVHW011954220826
846092LV00001B/177

* 9 7 8 6 5 5 5 4 7 5 0 1 2 *